춤추는 소매 바람을 따라 휘날리니

국어시간에

춤추는 소매 바람을 따라 휘날리니

초판 1쇄 펴낸날·2003년 12월 11일
재판 1쇄 펴낸날·2012년 3월 15일
3판 15쇄 펴낸날·2021년 8월 20일

풀어쓴이·류수열 | 그린이·이승민
기획·<국어시간에 고전읽기> 기획위원회, 간텍스트
펴낸이·김종필

디자인·(주)간텍스트 | 아트디렉터·조주연, 남정 | 디자이너·김유나, 천병민 | BI디자인·김형건

출고·반품 | (주)문화유통북스 박병례, 임금순, 한영미
종이 | (주)한솔 PNS 강승우

펴낸곳·(주)도서출판 나라말
출판등록·제25100-2017-000044호
주소·서울시 은평구 진흥로 133 A동 B1
전화·02-332-1446 | 전송·0303-0943-3110
전자우편·naramalbooks@hanmail.net

값 11,000원
ISBN 978-89-968515-1-6 44810
978-89-968515-0-9(세트)

* 이 책의 국립중앙도서관 출판시 도서목록(CIP)은 e-CIP 홈페이지(http://www.nl.go.kr/ecip)와 국가자료공동목록시스템(http://www.nl.go.kr/kolisnet)에서 이용하실 수 있습니다. (CIP 제어번호 : CIP2012001098)
* 이 책에 실린 사진 자료 가운데, 저작권자를 찾지 못해 허락 없이 실은 것이 있습니다. 저작권자를 찾는 데 도움을 주실 분은 도서출판 나라말로 연락해 주시길 바랍니다.
* 잘못된 책은 바꾸어 드립니다.

고전읽기 003 _ 홍길동전

춤추는 소매 바람을 따라 휘날리니

나라말

우리는 이제 무고한 백성의 재물에는 절대 손대지 않을 것이다.

각 읍의 수령과 감사들이 백성들로부터 착취한 재물만을 빼앗아

그것으로 불쌍한 백성들을 구제하게 될 것이다.

그런 의미에서 우리 무리의 이름을 '활빈당'으로 정하고자 한다.

칼을 잡고 오른쪽에 비껴 서니

남쪽의 큰 바다가 몇만 리뇨

대붕이 훨훨 나니

회오리바람이 일어나도다

춤추는 소매 바람을 따라 휘날리니
해 뜨느니 동쪽이요 해 지느니 서쪽이로다
어지러운 세상을 평정하고 태평세월 이루니
상서로운 구름이 일어나고 상서로운 별이 비치도다

〈국어시간에 고전읽기〉를 펴내며

『춘향전』은 '어사출두요!' 하는 장면. 『구운몽』은 성진이 꿈에서 깨어나는 장면.

거기서 끝이 나 버린다. 교과서는 지면의 한계가 있고 수업은 진도에 쫓기다 보니 국어 시간에 읽는 고전은 그렇게 끝나 버리는 경우가 많았다. 춘향이를 보고 첫눈에 반한 이몽룡이 얼마나 안절부절못했는지, 한양으로 떠나는 이몽룡을 붙들고 춘향이가 얼마나 서럽게 울었는지 모른 채 『춘향전』의 주제는 '신분을 초월한 사랑을 통해 드러나는 인간 해방 사상'이라고 가르치고 배웠다. 내가 성진이 되어 양소유로 환생한다면 어떤 근사한 삶을 살아 보고 싶은지 상상의 나래를 펼쳐 볼 기회도 없이 『구운몽』은 '몽유 구조라는 전통적인 액자 형식'으로 되어 있다고 가르치고 배웠다.

이제는 국어 시간에 제대로 고전을 읽어 볼 수 있었으면 좋겠다. 제대로 읽으려면 어떻게 해야 할까? 낯설고 어려운 옛말을 현대어로 풀이하고 밑줄을 그으며 분석하는 데만 골몰할 것이 아니라, 먼저 이야기 자체에 푹 빠져 보는 것이다. 고전은 오랫동안 많은 사람들에게 감명을 주며 오늘날까지 전해져 온 유산이기에 시간과 공간을 초월하여 즐거움과 깨달음을 전해 주는 보편성을 가지고 있다. 한편으로는 오늘날의 삶이 아닌 과거의 삶에서 피어난 이야기이기에 현대인이 경험해 보지 못한 새로운 세계를 펼쳐 보여 주는 특수성도 가지고 있다. 그러므로 고전은 어렵고 낯설고 지

루한 것이 아니라, 즐겁고 신선하고 지혜로 가득 찬 것이라 할 수 있다.

대문호 셰익스피어의 작품들은 영국의 고전을 넘어서서 세계의 고전으로 칭송받고 있다. 영국에서는 그런 셰익스피어의 작품들이 널리 읽힐 수 있도록 옛말로 쓰인 원작을 청소년들이 읽을 수 있는 쉬운 현대어로, 어린 아이도 읽을 수 있는 아주 쉬운 동화로 거듭 번역해서 내놓는다. 그리하여 셰익스피어의 작품들은 책이나 연극으로는 물론 만화로도, 영화로도, 드라마로도 계속해서 다시 태어나고 있다.

그런 희망을 담아 〈국어시간에 고전읽기〉를 펴낸다. 우리 고전을 사랑하는 사람들의 손을 거쳐 벌써 여러 작품이 새롭게 태어났다. 고전의 품위를 훼손하지 않으면서도 청소년들이 어렵지 않게 이해할 수 있는 말을 골라 옮겼고, 딱딱한 고전이 아니라 한 편의 아름다운 이야기로 독자들에게 다가가기 위해 새로운 제목을 붙였으며, 그 속에 녹아 있는 감성을 한층 더 생생하게 전할 수 있도록 정성스러운 그림들로 곱게 꾸몄다. 또한 고전의 세계를 여행하는 데 도움을 줄 '이야기 속 이야기'도 덧붙였다.

〈국어시간에 고전읽기〉와 함께 국어 시간이 고전의 바다에 풍덩 빠져 진주를 건져 올리는 시간이 되기를 바란다.

〈국어시간에 고전읽기〉 기획위원회

『홍길동전』을 읽기 전에

우리 민족이라면 홍길동을 모르는 사람은 없을 것입니다. 양반가의 서자로 태어나 적서 차별을 이기지 못해 가출을 한 소년, 신비한 능력으로 탐관오리의 재물을 빼앗아 가난한 백성들을 도와주던 의적, 그리고 마침내 율도국이라는 이상향을 건설하여 왕위에 오르는 인물. 이것이 홍길동에 대해 우리가 대체적으로 알고 있는 이야기이지요.

그러나 널리 알려진 만큼 홍길동에 대한 우리의 인상은 상투적일 수 있습니다. 특히 직접 작품을 읽어 보지 않고 여기저기에서 이야기 토막을 주워들은 사람들이라면, 홍길동의 세세한 면모를 알기 어려울 것입니다. 물론 가출 소년에서 도적의 두목으로, 그리고 한 나라의 임금으로 자신을 변모시켜 가는 과정이 사실과 다른 것은 아닙니다. 그렇지만 한 인물이 누구를 만나서 어떻게 자신의 삶을 개척해 나갔는지, 또 그 과정이 왜 그리 될 수밖에 없었는지를 모른다면 그것은 반쪽짜리 앎에 불과합니다. 홍길동이 왜 사회의 모순과 부조리에 저항해야 했는지, 그에게 신비한 능력은 왜 필요했는지, 길동이 살았던 시대의 사람들은 어떤 삶을 살았는지를 생생하게 접해 보아야 비로소 홍길동을 안다고 할 수 있을 것입니다.

또 홍길동을 도술을 부리는 영웅으로 보는 시각도 일면적일 수 있습니다. 우리가 그에게 박수를 보내고 그를 응원할 수 있는 것은 길동의 신비로운 능력 때문만은 아닐 것입니다. 그는 영웅이면서도 끊임없이 자아를 성

장시켜 갔던 인물입니다. 가정에서 사회로, 사회에서 국가로 활동 범위를 점점 넓히는 동시에 개인의 꿈을 공동체의 소망과 결합시키면서 자신을 성장시켰던 것이지요. 우리가 길동의 성공을 성원하게 되는 것은 꿈을 하나하나 이루어 가는 한 인간의 삶을 닮고 싶어하기 때문일 것입니다.

이제 『홍길동전』을 특별한 인간의 환상적인 활약상에 초점을 맞추기보다 여러 각도에서 열린 시각으로 다가서 주었으면 합니다. 그가 살던 시대에 왜 그와 같은 영웅이 필요했는지, 또 그는 어떻게 그 시대의 꿈과 개인의 꿈을 조화시키면서 자신을 성장시켰는지에 주목해 주기를 바랍니다. 그리하여 홍길동이라는 한 인간을 바로 여러분의 곁으로 불러내어 정면으로 마주하는 소중한 경험을 만들 수 있기를 기대합니다.

류수열

이야기 차례

●●● 〈국어시간에 고전읽기〉에는 이야기의 재미와 이해를 돕기 위한 '이야기 속 이야기'가 함께합니다.

하나

상서로운 태몽

때는 1433년, 조선조 세종대왕이 왕위에 오른 지 십오 년이었다. 홍화문 밖에 홍문이라는 재상이 있었다. 사람됨이 청렴하고 강직해서 많은 사람들이 따랐으니, 당대의 영웅이라 할 만했다. 젊은 나이에 과거에 급제하여 벼슬이 한림에까지 이르렀고, 명성과 덕망은 조정에서 으뜸이었다. 세종대왕이 그를 칭찬해 벼슬을 높여 주어, 이조판서를 거쳐 좌의정까지 올라갔다. 홍 승상은 임금의 은혜에 감동하여 충성을 다해 나랏일에 힘썼다.

어진 임금과 충성스런 신하가 만났으니, 온 나라에 사건도 없고 도적도 없어 평화로운 시대가 지속되었다. 해마다 풍년이 들어, 백성들은 부른 배를 두드리며 노래를 부르곤 했다.

어느 날, 홍 대감은 바깥채의 난간에 비스듬히 기대어 졸다가 심상치 않은 꿈을 꾸었다.

꿈속에서 대감은 차가운 바람이 이끄는 대로 따라가다가 아주 낯선 곳에 다다랐다. 푸른 산이 높이 솟아 있고, 깊은 물이 출렁거리고 있었다. 가느다란 버드나무 가지는 천만 가닥으로 푸른빛을 뿜어냈고, 그 사이로 황금빛 꾀꼬리가 봄기운을 희롱하며 날고 있었다. 신선이 사는 곳에만 난다는 온갖 아름다운 풀과 꽃이 만발하였고, 청학과 백학, 비취새와 공작새가 봄빛을 자랑하였다. 대감이 감탄하지 않을 수 없는 절경이었다.

이리저리 둘러보며 숲 속으로 점점 더 깊이 들어갔더니, 하늘에 닿을 듯한 높은 절벽이 나타났다. 절벽 틈으로 굽이쳐 떨어지는 푸른 계곡물은 그대로 폭포가 되었고, 영롱한 오색 구름이 폭포수에 감돌았다. 그러다 갑자기 길이 끊어져, 대감은 갈 곳을 몰라 헤매고 있었다. 그때였다. 갑자기 폭포 사이로 청룡이 물결을 헤치고 솟구쳐 올라 고함을 질렀는데, 그 소리에 산골짜기가 무너지는 듯했다. 그러더니 청룡이 뜨거운 기운을 토하면서 대감의 입으로 들어왔다. 대감은 소스라치게 놀라 잠에서 깨었다. 상서로운 태몽임이 분명했다.

'반드시 군자를 얻을 것이다.'

∞ **홍화문(弘化門)** — 원문에는 '홍희문' 으로 되어 있으나, '홍화문' 으로 생각된다. '홍화문' 은 창경궁의 정문.

∞ **한림(翰林)** — 조선 시대의 예문관 검열(檢閱). 검열은 왕의 측근에서 일하는 신하로서, 사실(史實)을 기록하고 왕명을 대필하는 일을 맡았으므로 사신(史臣)이라고도 한다.

∞ **승상(丞相)** — 중국의 옛 벼슬 이름. 우리나라의 정승에 해당한다.

대감은 마음속으로 이렇게 생각하면서 서둘러 안방으로 들어갔다. 하녀들을 물리치고 황급히 부인을 잠자리로 이끌었다. 그러자 부인이 정색을 하며 말했다.

"대감은 한 나라의 재상이십니다. 지체 높으신 분이 대낮에 안방에 들어와 천한 기생을 대하듯 하시니, 대체 재상의 체면이 어디에 있습니까?"

부인의 말은 옳았으나, 부정을 탈까 두려워 꿈에 관해서는 한마디도 하지 않고 계속 간청을 하였다. 하지만 부인은 끝내 대감의 손길을 뿌리치고 밖으로 나가 버렸다. 대감은 무안한 기분이 드는 한편, 부인의 도도한 고집이 안타깝고 한스러웠다.

어쩔 수 없이 바깥채로 돌아왔으나, 귀한 꿈을 버리게 되지나 않을까 하는 조바심에 책상에 펴 놓은 책은 머리에 들어오지 않았다.

한참 동안 마음을 다잡지 못하고 방 안을 돌아다니고 있을 때였다. 홍 대감의 하녀 춘섬이 차를 들여왔다. 차를 내려놓고 방을 나가려는 춘섬의 자태를 보고 대감은 결단을 내렸다. 꿈을 헛되이 할 수 없다는 생각만이 머리에 가득했다. 마침 주위도 고요한 터라, 대감은 춘섬을 이불 속으로 끌어들이려 하였다. 춘섬은 종의 신분이었기에 대감의 근엄한 요구를 차마 거역하지 못했다. 일을 치른 홍 대감은 안타까움을 어느 정도 달랠 수 있었지만 마음이 후련하지는 않았다.

그 무렵 춘섬의 나이는 열여덟이었다. 춘섬은 비록 천비의 몸이긴 하나, 천성이 온순하고 처신과 행실이 규중의 처자나 다름이 없었다. 뜻하지 않게 홍 대감과 동침한 그날부터 중문 바깥에도 나가지 않고 몸가짐을 단정히 하였다.

몇 달 뒤, 과연 춘섬에게 태기가 있었다. 그 후로 춘섬은 더욱 문밖 출입을 삼가며 행실을 닦았다. 대감이 이를 기특하게 여겨 춘섬을 첩으로 삼았다.

열 달이 지나 아이가 태어날 때가 되었다. 춘섬의 방에는 영롱한 오색 구름이 머물고 신비로운 향기가 피어났다. 산고를 겪던 춘섬은 정신이 혼미해졌고, 어느 결엔가 튼튼한 사내아이가 태어났다.

사흘 뒤에 대감이 들어와 아이의 모습을 보았다. 한편으로는 무척 기뻤으나 노비의 몸에서 태어난 천생임이 안타까웠다. 기쁨과 안타까움이 교차하는 가운데, 아이의 이름을 길동이라 지었다.

길동이 점점 자라 여덟 살이 되니, 말 한 마디를 들으면 열 가지를 알았고, 한 번 보면 모르는 것이 없을 정도였다. 천비의 소생만 아니라면 실로 큰 인물이 될 그릇이었다. 대감은 더욱 총애하면서도 길동이 아버지니 형이니 부르면 즉시 꾸짖어 그렇게 부르지 못하게 하였다.

하루는 홍 대감이 길동을 데리고 안방에 들어가 부인에게 탄식하였다.

"이 아이가 영웅의 기상을 타고났으나 출생이 천해서 어디에 쓰겠소? 부인의 고집이 원통하구려. 후회 막급이구려."

부인이 영문을 몰라 그 까닭을 물었다. 대감은 얼굴을 찡그리며 대답했다.

∞ 규중(閨中) — 부녀자가 거처하는 방.
∞ 중문(中門) — 대문 안에 또 세운 문.

"부인이 그때 내 말을 따르셨다면 이 아이는 부인의 몸에서 태어났을 것이오. 그리했으면 어찌 천생이 되었겠소?"

그제야 부인에게 꿈꾼 얘기를 했더니, 부인이 실망스러운 목소리로 힘없이 말했다.

"이 또한 하늘의 뜻이니 사람의 힘으로 어찌하겠습니까?"

둘

아버지를 아버지라 부르지 못하고

세월이 흐르고 흘러 길동이 열한 살이 되었다. 비범한 아이인지라 누구 하나 길동을 칭찬하지 않는 이가 없었다. 비록 천비의 몸을 빌려 난 자식이긴 하지만, 길동의 재주를 눈여겨본 대감 역시 길동을 무척 아끼고 사랑하였다.

그러나 길동의 가슴에는 늘 원한이 맺혀 있었다. 출생이 천한 탓에 아버지를 아버지라 부르지 못하고 형을 형이라 부르지 못하기 때문이었다. 그는 자신의 천한 신분을 한탄하고 또 한탄하였다.

어느 칠월 보름날, 길동은 밝은 달을 쳐다보며 뜰을 배회하고 있었다. 쓸쓸한 가을 바람 사이로 들려오는 기러기 울음소리가 마음

에 외로움을 더했다. 길동의 가슴에는 절로 탄식이 일어났다.

"대장부가 세상에 태어나서 공자, 맹자의 학문을 익힌 뒤에, 나가서는 장수가 되고 들어와서는 재상이 되며, 대장인을 허리춤에 차고 단(壇) 위에 높이 앉아 수많은 군사를 마음대로 지휘하며, 남쪽으로 초(楚)나라를 치고, 북쪽으로 중원(中原)을 평정하며, 서쪽으로 촉(蜀)나라를 쳐 업적을 쌓은 후에, 얼굴을 기린각에 그려 빛내고 이름을 후세에 전함이 대장부의 떳떳한 일일 것이다. 옛사람이 이르기를 '왕후장상의 씨가 따로 없다' 하였는데 이는 나를 두고 말함인가? 아무리 하찮은 사람도 아버지를 아버지라 부르고 형을 형이라 부르는데, 나만 홀로 그리하지 못하는구나. 내 인생은 어찌하여 이리도 기박한가?"

길동은 가슴에 차오르는 답답함을 건잡을 수가 없었다. 달빛 아래서 칼을 잡고 한바탕 춤을 추듯 몸을 날래게 움직이며 장한 기운을 다스리고 있었다.

그때 홍 대감 역시 밝은 달빛을 즐기고자 창문을 열고 비스듬히 기대어 앉아 있다가 이런 길동의 모습을 보았다. 대감이 크게 놀라며 물었다.

"밤이 이미 깊었는데 너는 무슨 흥이 있어 이러고 있느냐?"

길동이 칼을 던지고 엎드려 대답하였다.

"소인이 대감의 정기를 받고 당당한 남자로 태어났으니 이만한 즐거움도 없습니다. 그러나 늘 서러운 것은 아버지를 아버지라 부르지 못하고 형을 형이라 부르지 못하는 신세이옵니다. 하인들까지 모두 천하게 보며, 친지와 친구조차도 아무개의 천생이라고 이릅니다. 이런 원통한 일이 어디 있겠습니까?"

길동은 대성통곡하였다. 대감은 속으로는 길동이 불쌍했지만 짐짓 꾸짖어 말하였다. 만일 그 마음을 드러내서 위로하면 오히려 버릇이 없어질까 염려하였던 것이다.

"재상의 집안에서 천한 노비에게 태어난 사람이 너뿐이 아니다. 그러니 방자하게 굴지 말아라. 다시 그런 말을 입 밖에 꺼내면 내 앞에 서지도 못하게 할 것이다."

길동은 그저 눈물만 흘리며 한참 동안을 그렇게 엎드려 있었다. 보다 못한 대감이 엄하게 물러가라 이르자, 비로소 고개를 들고 일어났다. 길동은 방으로 들어가는 대신 어미 춘섬을 찾아가 통곡하며 말했다.

"어머니께서는 소자와 전생에 귀중한 인연이 있어 오늘날 모자지간이 되었습니다. 낳아 주시고 길러 주신 은혜는 하늘보다 더 큽니다. 사내 대장부가 세상에 한 번 태어났으면, 모름지기 입신양명한 후 조상을 섬기고 부모의 은혜를 만분의 일이라도 갚아야 할 것입니다. 그런데 이 몸은 팔자가 사나운 까닭에 천하게 태어나 남의 천대나 받게 되었습니다.

∞ **칠월 보름날** — 음력 칠월 보름날. 이후의 날짜는 모두 음력이다.

∞ **대장인(大將印)** — 대장임을 나타내기 위해 차고 다니던 쇠나 돌로 만든 조각물.

∞ **기린각(麒麟閣)** — 전한(前漢) 무제(武帝)가 기린을 잡았을 때 세운 누각. 얼굴을 기린각에 그려 빛낸다는 것은, 국가에 큰 공을 세워 그 영광을 널리 알린다는 의미이다.

∞ **왕후장상의 씨가 따로 없다** — 『사기(史記)』에 나오는 말로, 계급이나 신분을 뛰어넘어 누구나 능력에 따라 높은 지위에 오를 수 있다는 뜻이다. 원문은 "王侯將相寧有種乎(왕후장상영유종호)"이다.

∞ **입신양명(立身揚名)** — 출세하여 이름을 세상에 드날림.

하지만 대장부가 어찌 구차하게 근본에 얽매여 후회를 하겠습니까? 이 몸이 당당하게 조선국 병조판서 대장인을 차고 상장군이 되지 못할 바에야, 차라리 산중에 들어가 세상 영욕을 모르는 채 지내고자 합니다. 옛날 장충의 아들 길산은 소자보다 더한 천생이었습니다. 하지만 열세 살에 그 어미와 이별하고 운봉산에 들어가 도를 닦아, 아름다운 이름을 후세에 전하였습니다. 소자도 그를 본받아 세상을 벗어나려 하옵니다. 감히 바라옵건대, 어머니께서는 소자의 사정을 살피어 아주 버린 듯이 잊고 계십시오. 훗날 소자가 돌아와 은혜를 갚을 날이 있을 것입니다. 그렇게만 짐작하고 계시옵소서."

길동이 말을 마치는데, 그 말하는 기상이 너무나 도도해 슬픈 기색조차 없었다. 이를 본 어미가 길동을 달래며 말했다.

"재상 집안의 천생이 비단 너뿐이 아니다. 어디서 무슨 말을 들었길래 어미의 마음을 이다지도 아프게 하느냐? 어미의 낯을 봐서라도 그대로 조용히 지내고 있으면 안 되겠느냐? 그러면 앞으로 대감께서 무슨 조치를 해 주실 것이다."

"아버님과 형님의 천대는 그렇다 하더라도, 하인이며 아이들이 이따금 던지는 말이 골수에 박히는 경우가 허다합니다. 또한 요즘 곡산모의 눈치를 보니, 아무 허물도 없는 우리 모자를 원수처럼 여

∞ 상장군(上將軍) — 조선 전기의 군대인 '의흥친군위'의 으뜸 벼슬.

∞ 길산(吉山) — 조선 숙종(1661~1720) 때 황해도 구월산을 중심으로 전국적으로 활동한 도둑의 우두머리인 장길산. 그는 본디 광대 출신의 천민이었다. 그런데 광해군(1575~1641) 때 죽은 허균(1569~1618)의 작품 속에 숙종 때 인물인 장길산이 등장한다는 것은 「홍길동전」의 원본이 전해지고 있지 않다는 것을 말해 줍니다. 이에 관한 자세한 설명은 153쪽에 나와 있습니다.

겨 살해할 마음을 먹고 있는 듯하더이다. 머지않아 눈앞에 큰 재난이 있을 것입니다. 그러나 소자가 나간 후에도 어머님께는 후환이 없도록 손써 두겠습니다."

"네 말에도 일리가 있긴 하지만, 곡산모는 어질고 인정 있는 사람인데 그럴 리가 있겠느냐?"

"세상 일은 헤아리기 어려운 것입니다. 소자의 말을 가볍게 생각하지 마시고 장래를 살피소서."

셋

남은 나를 저버릴지언정

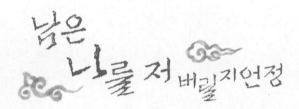

곡산모 초낭은 원래 곡산의 기생으로 있다가 홍 대감의 애첩이 되었다. 그러나 성질이 오만방자하여 종이라도 마음에 들지 않으면 거짓으로 헐뜯어 사생결단을 내곤 하였다. 남이 못되면 기뻐하고, 잘되면 시기하는 사람이었다. 그런데 어느 날 대감이 용꿈을 꾼 후 얻은 길동을 사람마다 칭찬하는 데다 대감 역시 깊이 사랑하시니, 대감의 사랑을 빼앗길까 봐 언제나 전전긍긍하였다. 게다가 대감이 이따금 농담으로 던지는 말도 그의 질투심을 자극하기에 충분했다.

"너도 길동이 같은 자식을 낳아서 내 늘그막의 재미를 더하게 해 보아라."

곡산모 초낭은 몹시 무안하고 겸연쩍었다. 길동의 이름이 자자해질수록 길동 모자를 미워하는 마음도 점점 커져 갔다. 초낭은 끝내 둘을 해칠 마음을 먹고 흉계를 짜내기 시작했다. 주변의 요사스런 무녀들을 돈으로 매수해 두고는 매일 모여서 모의를 했다.

어느 날 그 자리에 온 한 무녀가 새로운 계책을 이야기했다.

"동대문 밖에 관상을 보는 여자가 있는데, 사람의 상을 한 번 보면 평생의 길흉화복을 짚어 냅니다. 그 여자를 불러 부인께서 원하시는 바를 이야기하고, 대감께 찾아가라 이르십시오. 그리하여 가정의 온갖 일을 본 듯이 맞히게 한 후, 길동의 상을 보고 여차저차 아뢰면 부인의 뜻을 이룰 것이옵니다."

해결책을 얻은 초낭은 새로운 희망을 발견한 듯이 기뻐했다. 바로 그 관상녀를 불러 재물로 유인하였더니, 관상녀는 쉽게 넘어갔다. 관상녀에게 대감 댁 일을 낱낱이 일러 주고, 단단히 약속을 한 후에 날짜를 기약하고 보냈다.

며칠 뒤, 대감은 길동을 데리고 안방에 들어가 부인과 이야기를 나누고 있었다.

"이 아이가 비록 영웅의 기상을 가졌으나 어디다가 쓰리오."

길동을 놓고 이런저런 이야기를 주고받고 있을 때, 문득 한 여자가 들어와 마루 아래에서 인사를 올렸다. 찾아온 까닭을 물으니, 그 여자가 엎드려 아뢰었다.

∞ **초낭** — 고전 소설 속 등장 인물의 이름은 이본에 따라 다르게 나타난다. 경판본에는 '초란, 특재, 인형' 으로 되어 있으나, 여기서는 완판본을 따라 '초낭, 특자, 길현' 으로 표기하였다.

∞ **길흉화복(吉凶禍福)** — 좋은 일과 나쁜 일, 근심스러운 일과 행복한 일.

"소녀는 동대문 밖에 사는데, 어려서 한 도인을 만나 관상법을 배운 바가 있습니다. 도성 안의 수많은 집들을 두루 돌아다니다가, 대감 댁의 만복이 높다는 소문을 듣고 천한 재주를 시험해 보고자 왔사옵니다."

대감이 어찌 요사한 무녀 따위와 문답을 하겠는가마는, 마침 길동을 놓고 농을 주고받던 때라 심심풀이 삼아 관상녀를 불렀다.

"네 가까이 올라와 나의 팔자를 확실히 짚어 보라."

관상녀는 머리를 조아리고 마루 위로 올라왔다. 먼저 대감의 상을 살핀 후에 대감의 과거와 현재를 똑똑히 말하며 앞날을 내다보듯이 설명해 나갔다. 조금도 대감의 생각에 어긋나는 말이 없으니, 대감이 신통해하면서 크게 칭찬하였다. 이어서 가족의 상을 두루두루 보라고 요청했다. 이 역시 마치 낱낱이 본 듯이 이야기하니, 한 마디도 헛된 말이 없었다. 대감과 부인은 물론이고, 주변의 여러 사람이 모두 놀라며 신인이라고 일컬었다. 끝으로 길동의 상을 보던 관상녀가 크게 칭찬하며 말했다.

"소녀가 여러 고을을 다니며 수많은 사람의 상을 보았는데, 공자의 상 같은 경우는 처음입니다. 또한 아뢰옵기 황송하지만, 부인의 소생이 아닌 듯하옵니다."

"네 말이 맞다. 용케 맞혔구나. 하지만 사람마다 길흉영욕이 각각 때가 있나니, 이 아이의 상을 각별히 논해 보라."

대감은 궁금증을 견딜 수 없었다. 관상녀는 길동을 유심히 보다가 놀라는 척하며 물러앉았다. 이를 괴이하게 여긴 대감이 그 까닭을 물었다. 그러나 관상녀는 입을 다물고 말을 하려 들지 않았다.

"길흉과 영욕을 털끝만큼도 숨기지 말고 보이는 대로 말하라."

대감의 명에 관상녀는 머뭇거리며 대답했다.

"있는 그대로 말씀드리면 대감께서 놀라실 것이옵니다."

"옛날에 오복을 다 구비했다는 곽분양 같은 사람도 좋은 때가 있고 나쁜 때가 있었는데, 무엇 때문에 여러 말을 하느냐? 숨기지 말고 어서 말하라."

관상녀가 마지못하는 척하며 길동을 내보내고 조용히 입을 열었다.

"공자의 앞날은 성취되면 왕이요, 실패하면 헤아릴 수 없는 환난이 있을 상입니다."

관상녀의 말에 대감과 주변의 모든 사람들이 크게 놀랐다. 놀란 마음을 겨우 진정한 대감은 관상녀에게 후하게 상을 주면서 입단속을 시켰다.

"이 같은 말을 삼가 입 밖에 내지 말라."

대감은 이내 길동의 거동을 경계해야 한다는 조바심에 사로잡혔다.

'내 길동이를 늙도록 바깥에 드나들지 못하게 하리라.'

관상녀는 대감의 마음을 읽고는 짐짓 능청스럽게 말했다.

"훌륭한 인물이라 하여 어찌 그 씨가 따로 있겠습니까?"

대감이 관상녀의 말을 막으며 여러 차례 말조심을 당부하였다. 관상녀는 손을 모아 명령을 따르겠다 하고 밖으로 나갔다.

∞ **도성(都城)** — 한 나라의 도읍지가 된 성. 여기서는 한양을 말한다.

∞ **신인(神人)** — 신과 같이 신통한 능력을 가진 사람.

∞ **길흉영욕(吉凶榮辱)** — 좋은 일과 나쁜 일, 영예로운 일과 치욕스런 일.

∞ **곽분양(郭汾陽)** — 중국 당나라 숙종 때의 장군 곽자의의 별칭. 뛰어난 무예로 여러 차례 공을 세웠고, 죽은 뒤에 그 충정을 인정받아 '분양왕'이라는 작위를 받았다. 부귀공명 등 오복(五福)을 다 갖춘 팔자 좋은 사람을 '곽분양 팔자'라고 한다.

'길동이가 본래 예사로운 놈이 아니었구나. 제 신세를 한탄해서 불순한 마음을 먹고 일을 저지르면, 우리 가문 대대로 쌓아 온 공덕이 하루아침에 무너질 수도 있을 것이다. 미리 없애서 화를 면해야겠으나, 부자지간에 또한 그럴 수도 없으니……'

생각이 이렇다 보니 마음에 병이 들어, 먹어도 맛이 없고 잠을 자도 편하지 않았다. 곡산모 초낭은 그 기색을 엿보고 대감에게 충동질을 하였다.

"관상녀의 말처럼 길동이가 왕의 상을 지녀서 흉악한 짓을 벌인다면, 그 화를 막을 길이 없을 것입니다. 저의 어리석은 소견으로는 작은 애로를 생각하지 마시고 큰일을 생각하여, 저 아이를 미리 없애는 것이 좋을 듯하옵니다."

초낭의 말에 대감은 크게 화를 내며 꾸짖었다.

"그 말을 함부로 꺼내지 말라 하였는데, 너는 어찌 입을 조심하지 못하느냐? 내 집 가운은 네가 알 바 아니다."

초낭이 다시는 말을 못 붙이고 어쩔 수 없이 물러 나왔다. 대감을 설득하기는 어려울 것이라는 생각에, 이번에는 안방으로 들어가 부인과 길동의 형 길현에게 말하였다.

"그날 이후로 대감께서 걱정이 깊으시더니 결국 병환이 나지 않으셨습니까? 소인이 염려되어 여차여차하게 말씀을 아뢰었으나, 크게 꾸중을 하시는 고로 다시 여쭙지 못하였습니다. 그러나 소인이 대감의 마음을 떠본즉, 대감께서도 그 애를 미리 없애고자 하시되 인정상 차마 처치하지 못하시는 것 같습니다. 저의 미련한 소견으로는 길동을 일단 없앤 후에 대감께 아뢰는 것이 어떨까 합니다. 그러면 이미 저질러진 일이라 대감께서도 어찌하실 수 없을 것이옵니다."

부인이 얼굴을 찡그리며 말했다.

"그럴듯한 말이지만, 인정과 도리로 보아 차마 할 바가 아니구나."

초낭은 다시 그들을 설득하기 시작했다.

"이는 여러 가지 일에 관계가 되옵니다. 첫째는 국가를 위함이요, 둘째는 대감의 병환 치유를 위함이요, 셋째는 홍씨 일가를 위함이옵니다. 어찌 작은 사정 때문에 우유부단하여 여러 가지 큰일을 망치려 하십니까? 그러다가 후회할 일이 생기면 어찌하오리까?"

이렇듯 온갖 방법으로 부인과 장남을 달래니, 그들도 마지못하여 허락을 하였다. 초낭은 기쁨을 감추고 안방에서 나와, 즉시 특자라고 하는 자객을 수소문하여 불렀다. 특자에게 자초지종을 다 전하고는 많은 돈을 주면서 그날 밤 길동을 없애라 하였다. 그러고는 다시 안방으로 가서 부인에게 알렸다. 이야기를 들은 부인은 발을 구르며 못내 애달파하였다.

이때 길동은 비록 어린 나이였지만, 기골이 장대하고 용맹이 뛰어나며 중국의 경서와 온갖 사상서를 모르는 바가 없었다. 게다가 홀로 별당에 거처하며 중국의 병서를 읽어 모든 이치에 통달하였다. 그리하여 귀신도 헤아리지 못할 술법이며 천지조화를 능히 얻을 수 있었다. 비와 바람을 마음대로 불러오고 신장을 부려 귀신처럼 나타

∞ 경서(經書) — 사서와 오경 등 유교의 가르침을 적은 책. 사서는 『논어』·『맹자』·『중용』·『대학』의 네 편, 오경은 『시경』·『서경』·『주역』·『예기』·『춘추』의 다섯 편을 가리킨다. 조선 시대 사대부들의 교과서이자 필독서였다.

∞ 병서(兵書) — 병법과 군사에 관한 책. 『손자병법』이 대표적인 예이다.

∞ 신장(神將) — 귀신 가운데 무력을 맡은 장수신. 사방의 잡귀나 악신을 몰아낸다.

났다 사라졌다 하는 술법을 모두 지니고 있었다. 길동은 재주로만 따지면 세상에 두려울 것이 없었다.

그날 밤, 길동은 자정이 지난 후 책상을 치우고 잠을 자려 하였다.

그런데 문득 까마귀가 세 번 울고 서쪽으로 날아갔다.

'까마귀가 세 번 '객자와 객자와' 울며 날아가니, 분명 자객이 온다는 징조구나. 어떤 사람이 나를 해치고자 하는고? 몸을 보호할 대책을 세워야겠다.'

길동은 방 안에 팔진을 치고 각각 방위를 바꾸어 놓았다. 그리하여 방 안을 골짜기가 깊은 산으로 만들고, 그 가운데에 비바람까지 불어넣고는 때를 기다렸다.

한편 초낭이 보낸 자객 특자는 비수를 쥐고 별당 부근에 숨어서 길동이 잠들기만을 기다리고 있었다. 그런데 난데없이 까마귀가 창

∞ **까마귀가 ~ 온다는 징조구나** — 까마귀의 울음소리 '객자와'를 '客刺(객자)+와'로 풀이하여 점을 본 결과이다. '客刺'는 '자객'의 음절이 도치된 것이다.

∞ **팔진(八陣)** — 병사들을 여러 무리로 나누어 일정한 모양을 갖추는 것을 진법이라고 하는데, '팔진'은 그중의 하나로 제갈공명이 창안했다고 한다. 시야의 원근감을 이용해서 군사를 배치하여, 적군으로 하여금 미로를 헤매다가 끝내 지치게 하는 진법이다.

밖에 와서 울고 가니, 속으로 심각한 의심이 들었다.

'이 짐승이 어찌 알고 천기를 누설하는가? 길동이는 실로 예사로운 아이가 아닌 것 같구나. 반드시 훗날에 큰 인물이 될 것이다.'

불안함을 느낀 특자는 몸을 일으켜 돌아가려 하였다. 그러나 문득 초낭이 약속한 금은 재물이 떠올라 다시 마음을 바꾸었다.

잠시 후, 특자는 몸을 날려 길동의 방으로 들어갔다. 그런데 어찌된 일인지 길동은 간 데 없고, 홀연 한 줄기 거센 바람이 일어나더니 천둥과 벼락이 천지를 뒤흔들었다. 구름과 안개마저 자욱하여 사방을 분간할 수조차 없었다. 주위를 살펴보니 수많은 산봉우리와 골짜기가 겹겹이 에워싸 있고, 넓은 바다에서는 물이 흘러넘치고 있었다. 특자는 도무지 정신을 차릴 수가 없었다.

'내가 아까 들어온 곳은 분명 방이었는데, 이 산이며 물은 어찌 된 것인가?'

갈 곳을 몰라 갈팡질팡 헤매고 있을 때, 어디선가 피리 소리가 들려왔다. 소리 나는 곳을 살펴보니, 푸른 옷을 입은 한 소년이 흰 학을 타고 공중으로 날아다니고 있었다. 소년이 근엄한 표정으로 특자에게 말했다.

"너는 어떤 사람이기에 이 깊은 밤중에 비수를 들고 나타났느냐? 네가 필시 누군가를 해칠 생각인가 보구나."

"네가 바로 길동이로구나. 나는 대감과 네 형의 명령을 받아 너를 죽이러 왔다."

특자가 날랜 솜씨로 비수를 날리자, 길동은 순식간에 어디론가 사라져 버렸다. 음산한 바람이 몰아치고 벼락이 진동하며, 하늘에는 온통 살기가 가득했다. 특자는 겁을 잔뜩 먹고 칼을 찾으며 탄식했다.

"내가 재물에 눈이 멀어 죽을 길로 들어섰으니 누구를 원망할까?"

한참 뒤, 비수를 든 길동이 공중에 나타나 외쳤다.

"이 보잘것없는 놈아, 들어라. 네가 재물을 탐하여 죄 없는 사람을 해치려 하니, 너를 살려 두면 또 다른 사람이 무수히 상할 것이다. 어찌 살려 보내겠느냐?"

겁에 질린 특자가 애걸하였다.

"사실은 소인의 죄가 아니라 도련님 댁의 초낭이 시킨 짓이옵니다. 바라옵건대 가련한 목숨을 살려 주신다면 앞으로는 착하게 살겠습니다."

그 말을 들은 길동은 분을 이기지 못하여 소리쳤다.

"너의 악행이 하늘에 사무쳤다. 오늘 하늘이 나의 손을 빌어 악의 무리를 없애게 한 것이다."

말을 마치기가 무섭게 특자의 목을 베어 버렸다. 그러고는 바로 도술로 신장을 불러내어 동대문 밖 관상녀를 잡아들였다.

"네가 요망하게 재상의 집에 출입하면서 사람의 목숨을 해치려 하였더구나. 네 죄를 네가 알겠느냐?"

관상녀는 제 집에서 자다가 바람과 구름에 싸여 어디로 가는 줄도 모르고 잡혀 온 것이었다. 비몽사몽간에 길동의 꾸짖는 소리를 듣고는 애걸복걸하면서 대답했다.

"이는 소녀의 죄가 아니라 모두 초낭이 시킨 일이옵니다. 바라옵건대 너그러운 마음으로 저를 용서해 주십시오."

"초낭은 나의 의붓어머니라 죄를 밝히지 못하겠다. 하지만 너 같은 악종을 내 어찌 살려 두겠느냐? 너를 죽여 악을 경계하겠노라."

칼을 들어 관상녀의 머리를 베어 특자의 주검 옆에 던졌다. 분한 마음을 억제하지 못한 길동은 바로 대감에게 가서 자초지종을 말하고 초낭도 베어 버리고 싶었다. 그러나 초낭은 대감이 총애하는 데다 자신에게도 의붓어미가 된다는 생각이 들어 머뭇거릴 수밖에 없었다.

'남은 나를 저버릴지언정 나는 남을 저버리지 않으리라. 내 일시적인 분노로 어찌 인륜을 끊겠는가?'

어렵게 마음을 고쳐먹고는 대감이 주무시는 곳으로 가 뜰 아래 엎드려 있었다.

대감은 잠이 깨어 있다가 문 밖에 인기척이 있어 문을 열었다. 길동이 뜰 아래 엎드려 있는 모습을 본 대감이 물었다.

"밤이 이미 깊었는데 너는 무슨 까닭으로 자지 않고 이러고 있느냐?"

길동이 눈물을 흘리면서 대답했다.

"집안에 흉한 변고가 있기에 목숨을 구하고자 집을 나가면서 대감께 하직 인사를 올리러 왔사옵니다."

대감이 크게 놀라는 한편 '반드시 무슨 곡절이 있구나.' 하고 짐작하며 말했다.

"무슨 일인지는 날이 샌 뒤에 알면 될 것이다. 돌아가 자고 내일 분부를 기다려라."

길동이 엎드린 채로 다시 아뢰었다.

"소인이 이제 집을 떠나려 합니다. 대감께서는 부디 평안히 계십시오. 다시 뵐 기약도 아득하옵니다."

길동의 결심에 찬 말에 대감은 그저 안타깝기만 했다.

"네가 이제 집을 떠나면 어디로 가겠느냐?"

"목숨을 건지고자 도망하는 처지에 어찌 따로 정한 곳이 있겠습니까? 다만 평생의 원한이 가슴에 맺혀 풀어 버릴 날이 없으니, 이것이 더욱 서러울 따름입니다."

대감은 길동을 말릴 수 없으리라 생각하고 길동의 한을 위로하였다.

"내가 너의 품은 한을 짐작하겠구나. 오늘부터는 아버지를 아버지라 부르고 형을 형이라 불러도 좋다. 다만 네가 천지 사방을 두루 돌아다니더라도, 죄를 지어 아버지와 형에게 걱정을 끼치는 일만은 삼가거라. 또한 하루도 빠짐없이 너를 기다리고 있을 것이니, 부디 속히 돌아오기를 바라노라. 여러 말 하지는 않겠다. 신중하고 겸손하게 생각하도록 하라."

대감의 말을 다 들은 길동은 아버지를 향해 크게 절을 하였다.

"아버님께서 오늘 해묵은 소원을 풀어 주시니, 이제 죽어도 한이 없겠습니다. 황공하여 몸둘 바를 모르겠사옵니다. 간절히 바라옵건대 아버님께서는 만수무강하옵소서."

하직 인사를 하고 나온 길동은 모친의 침실로 갔다.

"소자가 이제 목숨을 건지고자 집을 떠납니다. 어머님께서는 이 불효자를 잊으시고, 부디 옥체를 소중하게 보살피십시오."

이별의 말을 전하며, 초낭이 자신을 해치려 했던 사연을 처음부터 끝까지 이야기했다. 사정을 자세히 들은 어미 춘섬도 길동의 가출을 말릴 수 없겠다 생각하고 그저 한탄만 하였다.

"네가 이제 집을 나가더라도 잠깐 화를 피하고 나서, 어미 낯을 보아 곧 돌아오거라. 그리하여 내가 실망해 병을 얻는 일이 없도록 하려무나."

길동의 손을 부여잡고 크게 슬퍼하니, 길동이 어미를 위로하고 눈물을 무수히 흘리며 하직을 고했다.

어느덧 새벽닭이 울어 새벽을 재촉하고 동방은 차차 밝아 왔다. 길동이 문을 나서 멀리 바라보니, 첩첩한 산중에는 구름만 자욱했다. 넓고 넓은 천지간에 제 한 몸 둘 곳이 없음을 느끼고 더욱 한탄하며 정처 없이 길을 떠났다. 슬픔을 애써 억눌러 보았지만, 억울하고 서러운 마음이 자꾸만 치밀어 올랐다. 길동은 무겁게 무겁게 발걸음을 옮겨 놓았다.

한편 부인은 길동에게 자객을 보낸 일이 안타까워 밤새 잠을 설쳤다. 장남 길현이 모친을 위로하며 말했다.

"저도 마지못해 한 일이오니, 그 애 죽은 후라도 어찌 한이 없겠습니까? 그 아이의 어미를 더욱 후대하여 여생을 편안히 지내게 하고 장례를 잘 치러 주면, 애처로운 마음을 조금이나마 덜 수 있을 것입니다."

이렇게 마음을 달래며 밤을 지냈다.

다음 날 새벽, 곡산모 초낭은 별당에서 소식을 기다리고 있었다. 그런데 시간이 지나도록 아무 소식이 없기에 사람을 보내 사태를 알아보았다. 전혀 예상 밖의 일이 벌어졌다는 소식이 들려왔다. 목이 떨어진 시체가 길동의 방 가운데 거꾸러져 있어 자세히 보니, 바로 특자와 관상녀더라는 것이다. 초낭이 아연실색하여 급히 안방으로 가서 알렸다. 소식을 들은 부인 역시 기절할 정도로 놀라 길현을 불렀다. 길동을 찾아보라 하였으나 도무지 간 곳을 알 수 없었다.

부인과 길현은 하는 수 없이 대감을 찾아가 사건의 전말을 고하고 용서를 빌었다. 대감이 크게 놀라 호통을 쳤다.

"집안에 이런 변이 생기다니, 장차 그 화를 어찌할 것이냐? 간밤에 길동이가 집을 떠나겠다면서 하직을 고하기에 무슨 일인지 걱정했었다. 하지만 이런 일이 있을 줄을 어찌 짐작이나 했겠는가?"

그러고는 초낭을 크게 꾸짖었다.

"지난날 네가 괴이한 말을 꺼내기에, 그 같은 말을 다시는 내지 말라 하였지 않느냐? 그런데 끝내 요망한 짓을 꾸며 이런 변이 생겼구나. 너의 죄는 죽음을 면할 수 없을 것이다. 어찌 너를 내 눈앞에 두고 보겠느냐?"

대감은 초낭을 내쫓은 뒤, 하인을 불러 두 주검을 남모르게 처리하게 하였다.

인권신문

역사에서 배우다 - 서얼 통청 운동

○아버지를 아버지라 부를 수 없었던 서얼들의 투쟁○

서얼 차별 문제는 조선조 내내 논란이 끊이지 않았다. 성종 대에 완성된 『경국대전』에 서얼의 관직 진출을 제한적으로 허용해 놓기는 했지만 현실에서 서얼 출신이 관직에 나가는 것은 불가능했다. 중종 대에 조광조가 서얼 차별 철폐를 주장하고, 명종 대에도 서얼들이 양첩 자손에게는 문·무과의 응시를 허락해 달라는 상소를 올렸다. 또 선조 대에는 서얼 1600명이 상소를 올리기도 했지만 서얼에 대한 차별은 크게 바뀌지 않았다. 그 때문에 광해군 때는 서얼 출신 7인이 역모를 도모하다 체포되는 '칠서(七庶)의 옥' 사건이 발생하기도 했다. 이런 사회적 배경에서 영조 대에 '서얼 통청 운동'이 전개된다.

서얼들의 집단행동으로 청요직에 등용되다!

서얼 통청 운동은 서얼도 사서 편찬과 대간으로 활동할 수 있는 청요(淸要)직에 등용되어야 한다는 서얼 층의 집단행동으로, 영조 원년(1724)부터 지속적으로 전개되었다. 영조는 서얼들의 관직 진출을 제재하지 말아야 한다는 현실론에 밀려 결국 1772년에 통청을 허락했으나 기껏해야 두 자리만 차지하는 데 그쳤고, 그것도 가짜(또는 임시)라는 뜻의 '가(假)'가 관직명 앞에 붙은 상태였다. 그렇다 하더라도 청요직에 서얼이 등용됐다는 것은 매우 중요한 일이다. 서얼 차별 철폐론에 대한 최초의 공식적 수용이었기 때문이다.

서얼 차별 투쟁의 과정

- 명종: 서얼들이 양첩 자손의 경우에 문·무과 응시 자격 줄 것을 요구함
- 선조: 서얼 1600여 명이 서얼 차별을 없애 달라는 상소 올림
- 영조: '서얼 통청 운동' 전개
- 정조: '정유절목' 발표하여 서얼의 관직 진출의 길을 대폭 넓힘
- 고종: 갑오개혁(1894) 때 서얼 철폐

상식

서얼이란?

서얼(庶孼)은 본처(本妻)가 아닌 첩(妾)에게서 난 자손을 일컫는 말이다. 조선 시대에는 어머니의 신분에 따라 자식의 신분이 결정되었다. 아버지가 양반이고 어머니가 본처일 경우에는 적자(嫡子), 어머니가 양인 출신의 첩일 경우 서자(庶子), 어머니가 천인 출신의 첩일 경우 얼자(孼子)로 나뉜다. 서얼은 서자와 얼자를 함께 이르는 말이다.

조선 시대 서얼은 하나의 특수한 신분층으로서 법적으로 차별을 받았다. 본처의 자식과 달리 관직에 진출하는 것을 원칙적으로 금지 당했으며, 재산 상속과 가족 내의 위치에서도 차별 대우를 받았다. 그래서 재산 상속 시 서자는 7분의 1, 얼자는 10분의 1을 받았다고 한다. 이러한 차별은 「홍길동전」에서 길동이가 양반인 아버지와 노비인 어머니 사이에서 태어나 호부호형(呼父呼兄)을 못해 집을 떠나게 되는 사례에서도 나타난다. 서얼은 조선 시대 내내 차별 받았고, 적서 차별은 조선 중기와 후기에 와서는 하나의 사회 문제가 되었다. 서얼은 중인과 같은 대우를 받아 과거에서 문과에는 응시할 수 없었다.

미남만화가 김대중 그림

지식

적서 차별의 역사적 배경

고려 시대에도 첩을 두었기 때문에 서자가 있었지만, 적서를 차별하기 시작한 것은 조선 태종(이방원) 때였다. 태조 이성계는 조선조 창업에 막대한 공을 세운 이방원을 비롯한 본부인 한 씨(신의왕후)의 자식들을 제치고, 계비(繼妃, 임금이 다시 장가를 가서 맞은 아내)인 신덕왕후 강 씨의 아들 방석을 세자로 삼았다. 이에 불만을 품은 이방원은 세자인 방석과 그를 옹호한 서얼 출신 정도전 등의 세력을 힘으로 몰아낸다. 태종은 "적서의 구분을 분명히 하였다."라고 공언하였고, 방석 형제를 서얼(庶孼)이라고 불렀다. 태종은 둘째 형 방과(정종)를 왕으로 앉히면서, 그 교지에 간신 정도전 등이 서얼을 세워 후사를 삼아 어른과 아이의 차례를 뒤엎고 적서의 구분을 어지럽히려고 하였다."(『태조실록』 15년 9월 정해 조)라고 쓰게 하였는데 이것이 적·서를 구분 지은 최초의 기록이라고 한다.

그 뒤 태종 이방원은 서자들의 관직 임용 자체를 제한했는데 이때 만든 규정이 바로 1415년(태종 15년) 제정된 '서얼 금고법'이다. 서자를 차별하는 이 규정은 1894년 갑오개혁 때까지 지속된다.

넷

구름에 몸을 맡겨

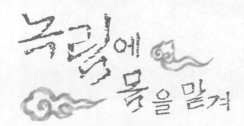

집을 떠난 길동은 갈 곳을 몰라 정처 없이 사방으로 떠돌아 다녔다.

하루는 어떤 곳에 이르렀는데, 산봉우리가 하늘에 닿을 듯 겹겹이 솟아 있고, 사방을 분별할 수 없을 정도로 초목이 무성하였다. 높은 산봉우리와 무성한 초목에 햇빛은 가늘어지고 인가도 찾아볼 수가 없었다. 그야말로 진퇴유곡이었다.

길동은 어디로 가야 할지를 몰라 고민하고 있었다. 그때 계곡을 흐르는 시냇물에 표주박 하나가 떠 내려오는 것이 보였다. 계곡 위 어딘가에 인가가 있으리라는 생각이 들어, 물길을 따라 몇 리를 더 들어갔다. 한참을 올라가니 활짝 트인 곳이 나타났고, 과연 인가 수

백 채가 즐비하게 늘어서 있었다. 마을에서는 수백 명이 모여 잔치를 벌이고 있는 중이었다. 술잔이 여기저기 흩어져 있고, 여러 사람들이 소란스럽게 떠들고 있었다.

원래 그 마을은 도적들의 소굴이었다. 그날 마침 우두머리를 정하려고 의논을 하고 있는 중이었는데, 도적들이 제각기 자기 주장을 하여 어지럽기만 했다. 길동이 이를 보고서 마음속으로 생각했다.

'갈 곳 없는 내가 인연이 닿아 이곳에 왔으니, 이는 하늘이 나에게 시킨 일일 것이다. 이곳 녹림에 나의 몸을 맡겨 남아의 뜻과 기개를 펴리라.'

길동은 사람들 가운데로 나서서 성명을 밝히며 말했다.

"나는 한양 홍 승상의 아들 길동이라 하오. 목숨을 지키고자 사람을 죽이고 도주하여 사방으로 돌아다니던 중, 오늘 하늘이 시켜 이곳에까지 오게 되었소. 보아하니 녹림 호걸의 우두머리를 찾고 있는 듯한데, 내가 그 우두머리가 되는 것이 어떻겠소?"

모두들 술에 취해 소란스런 가운데 난데없이 어린아이가 나서서 이렇게 말하니, 도적들은 서로를 돌아보면서 비웃었다.

"우리 수백 명이 다 남보다 뛰어난 힘을 지녔으나, 지금 두 가지 일을 행할 사람이 없어 결정을 하지 못하고 있다. 너는 도대체 어떠한 아이길래 감히 우리 잔치 자리에 뛰어들어 이렇듯 괴상한 말을 하느냐? 목숨만은 살려 줄 테니 어서 돌아가거라."

∞ 진퇴유곡(進退維谷) — 나아갈 수도 없고 물러설 수도 없는 처지.

∞ 녹림(綠林) — 푸른 숲 속. 곧 도적의 소굴을 말한다.

도적들이 길동을 조롱하며 비웃자, 길동은 돌문 밖으로 나와서 큰 나무를 꺾어 거꾸로 쥐고 땅에 글을 썼다.

용이 얕은 물에 누웠으니 물고기와 자라가 침노하고,

범이 숲을 잃으니 여우와 토끼가 조롱하는구나.

머지않아 바람과 구름을 얻어 타면 그 변화 측량키 어려우리라.

길동의 신기한 재주에 여러 도적들은 웅성거리기 시작했다. 도적 한 사람이 길동이 쓴 글을 베껴서 다른 도적들에게 뜻을 풀어 말해주었다. 그 가운데 윗자리에 앉은 사람 하나가 여러 사람을 둘러보며 제안했다.

"이 아이의 행동이 예사롭지 않을 뿐 아니라 홍 승상의 자제라 하니, 그 재주나 시험해 본 후에 처치해도 괜찮겠소."

모여 있던 모든 사람들이 찬성하기에, 길동을 윗자리로 불러 앉혔다.

"지금 우리는 두 가지 문제를 앞에 두고 있다. 하나는 저 앞에 있는 큰 바위의 무게가 천 근이나 되어 쉽게 들 수 있는 사람이 없다는 것이고, 둘째는 경상도 합천 해인사에 엄청난 재물이 쌓여 있으나 도 닦는 중이 수천 명이어서 그 절을 치고 빼앗아 올 묘책이 없다는 것이다. 그대가 이 두 가지 문제를 해결한다면 능히 우리의

∞ 침노(侵擄) — 남의 영토에 불법적으로 쳐들어가 해치는 것.

∞ 백마를 ~ 맹서를 하고 — 옛날에는 중대한 맹서를 할 때 흰 말을 잡아 그 피를 입술에 바르는 의식을 행했다.

두령이 될 것이다."

길동이 그 말을 듣고 껄껄 웃으며 말했다.

"대장부는 세상에 나서 마땅히 위로 하늘의 이치를 밝게 깨쳐야 하고, 아래로 땅의 이치를 환하게 알아야 하며, 가운데로는 사람의 뜻을 살필 줄 알아야 할 것이오. 어찌 이만한 일을 겁내겠소이까?"

길동은 말을 마치기가 무섭게 팔을 걷어붙이고 바위 앞으로 다가갔다. 그러고는 곧장 바위를 뽑아 번쩍 치켜들더니, 힘겨워하는 기색도 없이 한참을 이리저리 걸어다녔다. 놀랍고도 신기한 모습에 도적들은 벌린 입을 다물지 못했다.

"실로 장사로다!"

그것만으로도 도적들은 길동을 두령으로 인정하였다. 길동을 제일 높은 자리에 모셔 앉히고 술을 권하며, 새 두령의 등장을 소리 높여 축하했다. 길동은 백마를 잡게 하여 그 피를 마시며 맹서를 하고 모든 도적들에게 호령했다.

"우리는 오늘부터 생사고락을 함께할 것이다. 만약 이 언약을 배반하고 명령을 어기는 자가 있으면 군법으로 처단하리라."

엄중한 길동의 명령에 모든 사람들이 일제히 화답하였다. 잔치의 분위기는 한층 무르익어, 밤이 늦도록 먹고 마시며 함께 즐기었다.

다섯

활빈당, 활빈당!

길동이 녹림의 두령이 된 후 며칠이 흘렀다. 길동은 드디어 해인사를 치기로 마음먹고 모든 부하들을 불러 말하였다.

"내가 합천 해인사에 가서 묘책을 세워 놓고 오겠다."

서당에 다니는 아이의 차림새로 부하 몇 명을 데리고 길을 떠나는 길동의 모습은 완연히 재상가의 귀한 자제로 보였다.

해인사에는 미리 공문을 보냈다.

"한양 홍 승상 댁 자제가 공부하러 거기에 갈 것이다."

해인사의 중들은 그 소식을 듣고 매우 기뻐하며 반겼다.

"재상 댁 자제가 우리 절에 거처하시면, 그 힘이 작지 아니할 것이다."

중들은 법석을 피우며 한꺼번에 동구 밖으로 나가 길동을 맞이했다. 중들의 정성에 길동은 매우 흡족한 표정을 지으며 절로 들어섰다. 자리를 잡고 앉은 뒤 길동은 모든 중들을 모아 놓고 말하였다.

"그대들의 절이 한양에서도 유명할 정도로 소문이 나 있더구나. 그 소문을 듣고 먼 길을 마다 않고 온 것이다. 구경도 할 겸 공부도 할 겸 찾아왔으니, 너희도 괴로이 생각지 말라. 일단 드나드는 사람이 너무 많으면 내 공부에 방해가 될 터이니, 절 안에 머무는 잡인을 모두 내보내거라. 나는 아무 고을 관아에 가서 사또더러 백미 이십 석을 보내라 할 것이다. 차후에 내가 정한 날 그 쌀로 음식을 장만하라. 내가 그대들과 더불어 승려와 속인의 구별을 두지 않고 즐긴 후에 그날부터 공부를 시작하겠다."

백미 이십 석이라는 소리에 중들은 기쁨을 감추지 못하고 길동의 명령을 흔쾌히 받아들였다. 길동은 절의 여기저기를 두루 살핀 후 산채로 돌아와 부하들에게 백미 이십 석을 만들어 주었다.

"아무 관청에서 보내더라고 말하라."

하지만 중들이 어찌 이런 도적의 계략을 알겠는가? 행여나 길동의 명령을 지키지 못할까 봐 서둘러 음식을 장만하는 한편 절 안에 머물고 있는 잡인들을 다 내보냈다.

며칠이 지나 승려들과 약속한 날이 되었다. 길동이 부하들을 모아 놓고 명령했다.

"이제 해인사로 가서 중들을 모두 묶을 것이다. 너희들은 근처에 숨어 있다가 때가 되면 한꺼번에 들이닥쳐 신속하게 재물을 거두어 가라. 내가 가르치는 대로 행하되 부디 명령을 어기지 말라."

길동은 건장한 부하 십여 명을 하인으로 데리고 해인사로 갔다.

이번에도 역시 많은 중들이 동구까지 나와 기다리고 있었다. 길동은 절로 들어가 그들에게 분부했다.

"절 안의 모든 중은 하나도 빠지지 말고 일제히 절 뒤 계곡으로 모여라. 오늘은 너희들과 함께 하루 종일 실컷 취하고 놀겠다."

수천 명의 중들이 한꺼번에 계곡으로 모였다. 먹고 노는 것에도 욕심이 날 뿐 아니라 명령을 어기면 행여나 죄를 짓는 것이 될까 두려웠던 것이다. 자연히 절은 텅 비게 되었다. 중들이 모두 나와 앉자 길동이 먼저 술잔을 든 다음 중들에게도 차례로 권하며 즐기도록 했다.

잠시 후, 정성스레 차려진 밥상이 나왔다. 길동은 몰래 소매에서 모래를 꺼내 입에 넣고 씹었다. 중들은 길동의 돌 씹는 소리에 놀라 어쩔 줄 몰라했다. 길동이 크게 화를 내며 꾸짖었다.

"내 너희와 더불어 승려와 속인의 구별을 두지 않고 함께 즐긴 후 마음을 다잡고 공부하려 했었다. 그런데 이 흉악하고 거만한 중놈들이 나를 우습게 보고 이 따위로 지저분한 음식을 대접하다니, 괘씸하기 짝이 없구나."

길동은 데리고 갔던 하인들에게 호령하였다.

"여봐라, 이놈들을 모두 결박하라."

명령이 떨어지자마자 하인으로 위장한 부하들이 달려들어 인정사정없이 중들을 묶어 버렸다. 절 근처에 숨어 있던 다른 부하들은 때를 맞추어 해인사 경내로 일시에 달려들었다. 창고를 열고 쌓여 있던 재물들을 마치 제 것처럼 말과 소에 싣고 나왔다. 그러나 중들은 사지를 움직일 수 없기에 막아 낼 수가 없었다. 다만 입으로 원통하다는 소리만 질러 대니, 온 동네가 무너지는 듯했다.

그때 절 안에 한 목공이 있어 술자리에 참여하지 않고 절을 지키고 있었다. 그런데 난데없이 도적떼가 들어와 재물을 제 것처럼 가져가는 것이었다. 목공은 급히 달아나 합천 관아에 신고를 했다. 합천 사또가 크게 놀라 한편으로는 관리를 보내고, 또 한편으로는 관군을 불러 모아 뒤쫓았다.

도적들은 말과 소에 재물을 싣고 절을 나섰다. 그때 멀리서 수천 명의 군사가 비바람같이 달려오는데, 그 풍경은 마치 거대한 먼지 덩어리가 하늘에 닿은 듯했다. 도적들이 겁을 잔뜩 먹고 길동을 원망하기 시작했다.

"두령님의 무모한 계획 때문에 이제 우리가 다 잡혀 죽게 되었습니다."

길동이 빙그레 웃으며 말하였다.

"너희들이 어찌 나의 은밀한 계획을 알리오? 너희들은 아무 걱정 말고 남쪽 큰길로 가라. 내가 저기 오는 관군들을 북쪽 샛길로 유인할 것이다."

길동은 법당으로 들어가 중의 장삼을 입고 고깔을 쓴 채 높은 봉우리에 올라갔다.

"도적들이 북쪽으로 달아났습니다. 이리로 오지 말고 그리로 가서 어서 잡아들이시오."

장삼 소매를 날려 북쪽의 작은 길을 가리키니, 몰려오던 관군들은 중이 가리키는 대로 북쪽을 향해 달려갔다. 관군이 멀리 사라지는 것을 확인한 길동은 축지법을 써서 숲으로 돌아왔다. 한참이 지나서야 산채로 돌아온 나머지 도적들은, 자신들보다 앞서 와 있는 길동을 보고 크게 놀랐다. 모든 도적들이 길동의 신기한 재주를 야단스럽게 칭송하고, 성공적으로 해인사를 친 것을 서로 축하하였다.

한편 합천 사또는 관군을 몰아서 도적을 추적했으나, 흔적도 찾지 못하고 돌아올 수밖에 없었다. 이 사건으로 온 고을이 술렁거렸다. 사또가 이 사연을 곧 경상 감영에 보고하니, 경상 감사 역시 크게 놀라 도적을 잡기 위해 각 읍에 관군을 보냈다. 하지만 끝내 자취를 몰라 도리어 온 동네가 분주할 뿐이었다.

어느 날, 길동이 또다시 부하들을 불러 모았다.

"우리가 비록 녹림에 몸을 의지하고 있는 도적이지만, 모두가 이 나라의 백성이다. 대대로 이 나라의 물을 마시고 이 땅에서 곡식을 거두어 왔다. 그러므로 만일 나라가 위태로워지면, 마땅히 날아오는 화살과 돌을 무릅쓰고 백성을 지키고 임금을 도와야 할 것이다. 그러니 어찌 병법에 힘쓰지 않을 수 있겠느냐? 나에게 무기를 마련할 방책이 있다. 아무 날 함경 감영 남문 밖에 있는 왕릉 근처에 불 땔 풀을 운반해 두었다가, 그날 밤 삼경에 불을 놓아라. 그러나 능에는 불길이 닿지 않도록 조심해야 한다. 나는 남은 부하들을 거느리고 기다렸다가 감영에 들어가 무기와 곡식을 탈취하겠다."

길동의 명령에 따라 도적들은 일제히 함경도로 향했다.

약속한 날이 되어 길동은 부하들을 두 부대로 나누었다. 한 부대는 땔감을 운반하게 하고, 또 한 부대는 길동이 거느리고 감영 근처에 숨어 있었다. 삼경이 되자 능 부근에서 불길이 하늘로 치솟았다. 길동은 재빨리 함경 감영으로 달려가 문을 두드리며 소리쳤다.

"능에 불이 났습니다."

감사가 잠결에 놀라 나와 보니, 과연 능이 있는 곳에서 불길이 하늘로 치솟고 있었다. 하인을 거느리고 나가며 한편으로는 군사를 불러 모았다. 온 성은 물 끓듯이 소란해졌다. 백성들도 모두 능 있는 곳으로 몰려들어, 성안에는 늙은이와 노약자만 남았을 뿐 빈집이나 다름없었다. 길동은 이때를 틈타 모든 도적을 거느리고 일시에 감영으로 들이닥쳤다. 창고에 든 무기와 곡식을 탈취한 후 축지법을 써서 순식간에 산채로 돌아왔다.

한참이 지난 후 감사 일행이 겨우 불을 끄고 감영에 돌아왔다. 창고를 지키던 군사가 놀란 모습으로 감사를 찾아 아뢰었다.

"도적이 들어와 창고를 열고 무기와 곡식을 강탈해 갔습니다."

감사가 크게 놀라 사방으로 군사를 풀어서 수색했지만, 도적의 무리는 흔적도 찾을 수 없었다. 커다란 변괴를 만난 감사는 이 사실을 조정에 보고했다.

한편 길동과 그 무리들은 무사히 산채로 돌아와 잔치를 열었다.

∞ **축지법(縮地法)** — 땅을 주름잡아 순식간에 엄청난 거리를 간다고 하는 도술.

∞ **감영(監營)** — 각 도(道)의 감사가 직무를 보던 관아. 감사는 관찰사로 현재의 도지사에 해당하며, 감영은 현재의 도청에 해당한다.

∞ **삼경(三更)** — 밤 열한 시부터 새벽 한 시까지.

∞ **산채(山寨)** — 산적들의 소굴.

∞ **활빈당(活貧黨)** — '백성을 가난으로부터 소생하게 하는 무리' 라는 뜻.

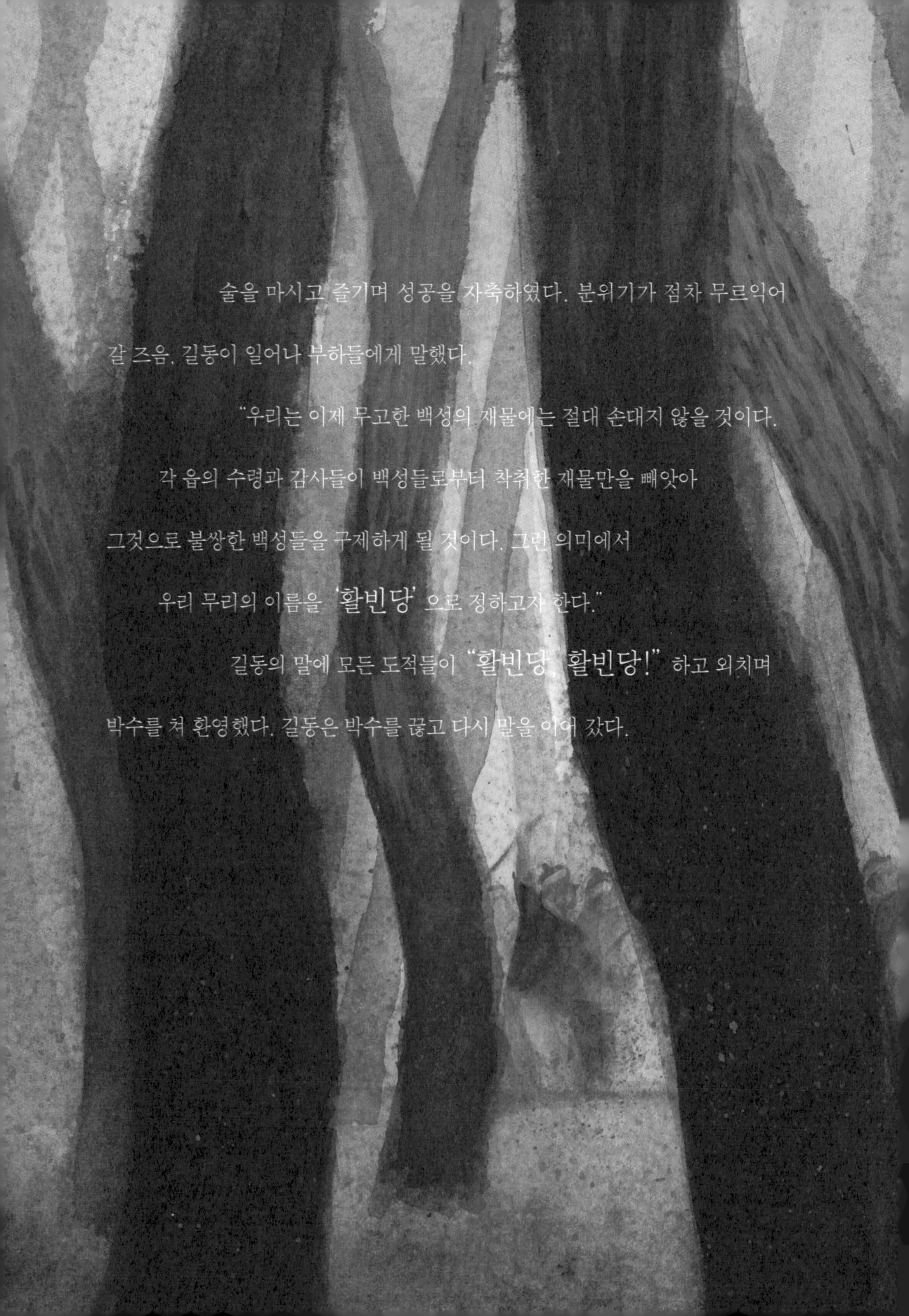

술을 마시고 즐기며 성공을 자축하였다. 분위기가 점차 무르익어 갈 즈음, 길동이 일어나 부하들에게 말했다.

"우리는 이제 무고한 백성의 재물에는 절대 손대지 않을 것이다. 각 읍의 수령과 감사들이 백성들로부터 착취한 재물만을 빼앗아 그것으로 불쌍한 백성들을 구제하게 될 것이다. 그런 의미에서 우리 무리의 이름을 '활빈당'으로 정하고자 한다."

길동의 말에 모든 도적들이 "활빈당, 활빈당!" 하고 외치며 박수를 쳐 환영했다. 길동은 박수를 끊고 다시 말을 이어 갔다.

"지금쯤 함경 감영은 우리의 종적을 찾으려 혈안이 되어 있을 것이며, 또한 조정에서도 이미 이 사실을 알고 있을 것이다. 그 사이 죄 없는 백성들이 억울한 일을 허다하게 당했을 터, 죄는 우리가 짓고 그 죗값을 백성들에게 돌려보낼 수는 없다. 사람은 비록 알지 못할지라도 하늘이 큰 벌을 내릴 것이다."

길동은 즉시 한양 사대문에 글을 써 붙였다.

"함경 감영의 곡식과 무기를 탈취한 것은 활빈당 장수 홍길동이라."

여섯

포도대장 이업

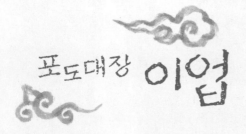

함경 감영 사건 이후 온 나라에는 홍길동의 이름이 자자하게 울려 퍼졌다. 감영의 곡식과 무기를 탈취하고서는 겁도 없이 제 이름을 써 붙인 홍길동에 대한 소문은 꼬리에 꼬리를 물고 이어졌다.

이런 상황을 아는지 모르는지 길동은 며칠 동안을 방에만 틀어박혀 있었다. 그러던 어느 날, 길동은 굳은 결심을 하였다.

'나의 팔자가 순탄치 못해 녹림에 몸을 맡기게 되었으나, 그것은 내 본심이 아니다. 입신양명하여 임금을 도와 백성을 구제하고 부모에게 영화를 보게 해야 하거늘, 남의 천대를 분하게 여겨 이 지경에 이르렀구나. 차라리 이를 기회로 삼아 큰 이름을 얻어 후세에 전

하리라.'

길동은 짚으로 인형을 일곱 개 만들었다. 그러고는 주문을 외워 일곱 인형 모두에 자신의 혼백을 불어넣었다. 순식간에 앞마당에는 똑같은 얼굴, 똑같은 모습의 길동 여덟이 나란히 서 있었다. 이를 본 부하들도 눈만 휘둥그레질 뿐 어느 것이 진짜 길동인지를 분간해 낼 수가 없었다. 여덟 길동은 각자 군사 오십 명씩을 거느리고 팔도로 나누어 출발하였다.

여덟 명의 홍길동은 전국 팔도를 누비면서, 정당하지 못한 재물을 빼앗아 불쌍한 백성을 구제했다. 불의한 수령의 뇌물을 탈취하며 창고를 열어 백성을 도와주니 곳곳에 소동이 일어났다. 팔도의 군사들은 잠을 설쳐 가며 창고를 지켜야 했다. 하지만 길동이 도술을 한 번 부리면 비바람이 크게 일어나고 구름과 안개가 자욱하여 천지를 분별할 수가 없었다. 상황이 이쯤 되니, 지키는 군사 모두 손이 묶인 듯 어쩌지를 못했다. 팔도에서 난을 일으키면서도 '활빈당 장수 홍길동' 이라고 버젓이 외치지만, 누가 감히 길동의 자취를 찾을 수 있겠는가?

이때 조정에는 팔도의 감사가 일시에 올린 장계가 속속 도착하였다. 그 사연은 이러했다.

지난번 함경 감영을 습격하였던 홍길동이라는 도적이 능히 조화를 부려 각 읍에서 소란을 피웁니다. 어느 날은 이러이러한 고을의 무기를 훔치고, 아

∞ 장계(狀啓) — 왕의 명령으로 지방에 파견된 벼슬아치가 글로 써서 올리던 보고.

무 때는 아무 고을의 곡식을 탈취하였습니다. 이 도적의 자취를 찾지 못하여 황공한 사연을 아뢰옵니다.

뜻밖의 일에 놀란 임금은 각 도의 장계에 쓰인 날짜를 살펴보았다. 놀랍게도 길동이 소란을 피운 날짜는 같은 달 같은 날이었다.

"참으로 괴이한 일이로구나. 홍길동이 대체 어떤 놈이길래 하루

에 팔도를 다니며 이같이 소란을 피우는고? 각 도에 어사를 파견하여 민심을 수습하고 도적을 잡게 하라. 또한 선비든 서민이든 할 것 없이 이 도적을 잡는 자에게는 큰 상금을 내릴 것이다."

이후로도 길동은 여러 고을을 다니며 죄 있는 수령을 마음대로 내쫓고, 곡식 창고를 열어 굶주린 백성을 구제하였다. 또 죄인을 감옥에 집어넣는 한편 억울하게 갇힌 사람들을 석방시켜 주기도 하였다.

그러나 각 읍에서는 끝내 그 종적을 찾지 못해 도리어 온 나라가 시끄럽기만 했다.

길동을 잡기는커녕 날로 소란만 더해 가니, 임금이 크게 노하여 신하들을 불러 모았다.

"도대체 나라를 위하여 이 한 놈을 잡을 자가 없단 말이냐? 참으로 한심하도다."

그러자 한 사람이 나섰다.

"신이 비록 재주 미천하오나 한 부대의 병사를 내주신다면, 대적 홍길동을 잡아 전하의 근심을 덜어 드리겠나이다."

조정 대신이 둘러보니 이는 곧 포도대장 이업이었다. 임금이 기특하게 여기고 잘 훈련된 병사 일천 명을 내주었다. 이업은 임금께 하직 인사를 드리고, 그날 바로 출정하였다.

과천을 지났을 때, 이업은 각 군사들에게 개별적으로 움직이도록 임무를 주면서 약속을 정했다.

"너희는 이러이러한 곳을 거쳐 아무 날 문경에 집합하라."

이업 자신도 남의 눈을 피하기 위해 평복으로 갈아입고 길을 떠나 며칠 후 한 곳에 이르렀다. 날이 저물어 주점에 들어가 쉬고 있는데, 어떤 소년 하나가 나귀를 탄 채 소년 몇 명을 거느리고 들어왔다. 이업을 물끄러미 바라보던 소년은 이업에게 다가와 이름과 사는 곳을 소개하며 말을 걸었다. 소년과 더불어 이런저런 이야기를 나누던 중, 그 소년이 한숨을 길게 내쉬며 말을 이어 갔다.

"넓은 하늘 아래 왕의 땅 아님이 없고, 온 땅의 백성이 왕의 백성 아님이 없다고 옛 글에 말하지 않았소? 그런데 이제 대적 홍길동이 팔도를 누비며 민심을 요란케 하고 있습니다. 임금께서 진노하시어 팔도에 엄명을 내리시고 도적을 잡으라 하셨지요. 하지만 끝내 잡지 못하니, 분한 마음은 온 나라 사람이 마찬가지라오. 나 같은 사람에게도 약간의 힘이 있어 이 도적을 잡아 나라의 근심을 덜고 싶구려. 하지만 힘이 짧고 서로 도울 사람도 없어 한스럽소이다."

이업이 소년의 풍모를 보고 말을 들어 보니, 진실로 의리와 용기가 있는 남자였다. 내심 존경하는 마음이 생겨 소년의 손을 잡고 말했다.

"장하오. 그대는 충성과 의리를 겸한 사람이오. 내 비록 능력이 부족하나 죽음을 무릅쓰고 그대를 도울 테니, 힘을 합쳐 도적을 잡는 것이 어떻겠소?"

"그대의 뜻이 그러하다면 나와 함께 가서 서로의 재주를 시험해 봅시다. 그런 다음 홍길동이 거처하는 곳을 찾아보는 것이 좋겠소."

이업은 소년의 제안에 흔쾌히 응했다. 그 소년을 따라 깊은 산으로 한참을 들어가던 중, 갑자기 소년이 몸을 훌쩍 날려 아득히 높은 절벽 위에 올라앉으면서 이업에게 말했다.

"그대가 나를 있는 힘껏 발로 차면 그대의 힘을 알 수 있을 것이오."

이업은 조선 팔도에서 힘으로는 당할 자가 없는 포도대장이었다. 포도대장 이업은 속으로 가소롭게 여기며 몸을 솟구쳐 소년을 찼다. 그런데 이것이 웬일인가? 온 힘을 다해 소년을 걷어찼지만, 소년은 꿈쩍도 하지 않았다. 소년이 몸을 돌려 앉으면서 말했다.

"장사로다. 이만하면 홍길동 잡기는 어렵지 않겠구려. 그 도적이 지금 이 산속에 있다고 하니, 내가 들어가서 정세를 탐지하고 오겠소. 그대는 이곳에서 기다리고 계시오."

어안이 벙벙해진 이업은 여러 말 하지 못한 채 어쩔 수 없이 승낙하였다.

한참을 산중에서 기다리고 있는데, 갑자기 생김새가 괴상한 군사 수십 명이 누런 두건을 쓰고 몰려오는 것이 보였다. 놀란 이업이 도망치려 하였지만, 비호와도 같은 군사들에게 이내 잡히고 말았다.

∞ 황건역사(黃巾力士) — 염라대왕의 명령을 받드는 귀신 장군.

"네가 포도대장 이업이냐? 우리는 염라대왕의 명령을 받고 너를 잡으러 왔다."

일시에 달려들어 이업을 쇠사슬로 묶어 끌고 가니, 이업은 정신을 차릴 수가 없었다. 그들의 손에 이끌려 지하인지 인간 세상인지도 모르고 잡혀 갔다. 순식간에 어떤 곳으로 끌려갔는데, 마치 궁궐과 같은 집이 어렴풋하게 보였다. 군사들이 이업을 잡아 뜰 아래 꿇어 앉혔다. 그때 어디선가 이업의 죄를 꾸짖는 말이 들려왔다.

"네가 감히 활빈당 장수를 가볍게 보고 홍길동을 잡을 수 있다 하며 나섰단 말이냐? 홍 장군은 하늘의 명을 받아 팔도를 다니며, 부패한 관리와 부정한 놈의 재물을 빼앗아 불쌍한 백성을 구제하고 있는 중이다. 그런데 너희 놈들이 나라를 속이고 임금에게 거짓을 고하여 옳은 사람을 해치려 하기에, 저승에서 너같이 간사한 무리를 잡아다가 다른 사람을 경계하고자 하는 것이다. 이것이 다 네 죄로 인한 것이니, 다른 사람을 원망하지 말라."

곧바로 황건역사에게 명령하는 소리가 들렸다.

"이업을 지옥으로 보내 영원히 세상에 나오지 못하게 하라."

이업은 고개를 들지도 못하고 머리를 땅에 닿도록 조아리며 빌었다.

"말씀 그대로 홍 장군이 각 읍에 다니며 난을 일으켜 민심을 소란케 하시매 임금께서 진노하셨습니다. 그래서 저는 신하 된 도리로 가만히 있을 수 없어 홍 장군을 체포하고자 나온 것이옵니다. 다만 왕명을 따르고자 하였을 뿐이오니, 부디 죄 없는 인간의 목숨을 살려 주소서."

체면도 내팽개친 채 무수히 애걸하는 이업의 모습에 주위의 모든 사람들이 크게 웃었다. 잠시 후 목소리의 주인공이 군사를 시켜 이업을 풀어 주고는 술을 권하면서 말했다.

"그대는 고개를 들어 나를 보라. 나는 아까 주점에서 만났던 사람이요, 그 사람은 곧 홍길동이라."

이업이 조심스레 고개를 들고 살펴보니, 과연 아까의 그 소년이 단 위에 앉아 있는 것이 아닌가?

"그대 같은 자들은 수만 명이 들이닥쳐도 나를 잡지 못할 것이다. 그대를 유인하여 이리로 온 것은 우리의 위엄을 보이기 위한 것이요, 앞으로 그대와 같이 분수에 넘치는 마음을 먹는 사람이 있을 경우 그대로 하여금 말리게 하고자 한 것이다."

그러고는 또 다른 두 사람을 잡아들여 뜰 아래 꿇리었다.

"너희들의 죄를 생각한다면 마땅히 목을 베어야 할 것이다. 그러나 이미 이업을 살려서 돌려보내기로 하였으니, 부득이 너희들도 석방할 수밖에 없구나. 돌아가 이후에는 홍 장군 잡을 생각을 추호도 하지 말라."

이업은 그제야 자신이 지옥이 아니라 인간 세상에 있는 줄을 깨달

왔다. 밀려드는 부끄러움에 아무 말도 못한 채 고개만 숙이고 있을 뿐이었다. 한참을 그러고 있자니 점점 정신이 혼미해져 왔다. 잠시 졸다가 문득 깨어 보니, 사지를 움직일 수가 없고 사방에는 칠흑 같은 어둠이 깔려 있었다. 어찌 된 일인가 싶어 주위를 살펴보았지만, 도무지 길을 찾을 수가 없었다. 그곳은 다름 아닌 가죽 부대 속이었던 것이다. 이업은 죽을 힘을 다해 가죽 부대 속에서 겨우 빠져나왔다. 밖에는 또 다른 가죽 부대 두 개가 놓여 있는데, 그 안에는 어젯밤에 함께 잡혀 갔던 사람들이 들어 있었다.

이업이 어이가 없어 물었다.

"나는 어떤 소년에게 속아 이리되었다. 너희는 어떤 연고로 그렇게 되었느냐?"

군사들도 모두 넋이 나간 얼굴이었다.

"소인들은 어느 주점에서 자고 있었는데, 어찌하여 이곳에 오게 되었는지는 알지 못하옵니다."

고개를 들어 사방을 둘러보니 그곳은 바로 한양의 북악산이었다. 이업은 두렵기도 하고 한편 허망하기도 했다.

"참으로 믿기 힘든 일이로구나. 너희들은 이 일을 아무에게도 말하지 말라."

낮말은 가듣고

『홍길동전』에 등장하는 백성들과 관리의 관계가 그러하듯,
조선 시대를 살았던 우리 조상들은 관으로부터
보호를 받기는커녕 온갖 학정에 시달리며
고통스러운 나날을 보내야 했습니다.
이러한 민중들의 모습은 당시의 지식인들에게도
그대로 전해졌고, 많은 이들이 민중의 고난상을 담은
시를 지어 읊었습니다.

새벽밥 먹고 밭에 나가 온 하루 땀 흘려 일하다가
해 저물어 집에 와서는 눈물로 얼굴 적시네
낡은 옷은 헤어져 두 팔꿈치 다 나오고
쌀독은 텅 비어 낟알 하나 없는데
굶주린 어린것들 옷을 잡고 울지만
어디 가서 구해 오리 죽 한 사발인들
마을의 관리는 세금 내라 야단치다 못해
늙은 아내를 묶어 가는구나

●● 조선 전기 문신인 성간의 시.
과도한 세금 수탈로 고단한 삶을 살고 있는 농민들의 모습을 보여 준다.

저 백성의 거동 보소 지고 싣고 들어와서
한 섬 쌀을 바치려면 두 섬 쌀이 부족이라
약간 농사지었거늘 그 무엇을 먹자 하리

●● 이세보의 시. 삼정의 문란 중 그 폐해가 가장 극심했던
'환곡' 의 문란으로 인해 고통받고 있는 농민의 모습을 그렸다.

창생들의 괴로움이여!

창생들의 괴로움이여!

흉년에 너희는 먹을 것이 없구나

나는 너희를 구제할 마음은 있으되

너희를 구제할 힘이 없도다

창생들의 괴로움이여!

창생들의 괴로움이여!

추위에 너희는 이불도 없구나

저들은 너희를 구제할 힘이 있으되

너희를 구제할 마음이 없도다

●● 서얼 출신 시인인 어무적의 시 「유민탄(流民歎)」의 일부.
연산군의 학정으로 인해 자기 고장에 머물지 못하고
유랑해 다니는 백성의 처지를 그리고 있다.

갈밭 마을 젊은 여인 울음도 서러워라

현문 향해 울부짖다 하늘 보고 호소하네

군인 남편 못 돌아옴은 있을 법도 한 일이나

예부터 사내가 생식기 잘랐다는 말은 들어 보지 못했노라

시아버지 상 당하여 이미 상복 입었고

갓난아인 아직 배냇물도 마르지 않았는데

삼대의 이름이 군적에 실렸도다

달려가서 억울함을 호소하려 해도 범 같은 문지기 버티고 있고

이정은 으르렁거리며 단벌 소를 끌고 갔네

남편 문득 칼을 갈아 방 안으로 뛰어드니

붉은 피만 자리에 낭자하구나

스스로 한탄하네 "아이 낳은 죄로구나!"

●● 조선 후기 실학자 정약용의 시 「애절양(哀絶陽)」의 일부.
조선 후기 삼정의 문란 중 '군정' 이 어떻게 악용되었는지를
보여 주는 시이다.

밤말은  가 듣고

이와 같은 지식인들의 시는 결코 허구의 것이 아니었습니다.
민중들의 고단한 삶은 시에 드러난 현실보다
조금도 나을 바가 없었지요.
이렇듯 민중들이 고통을 당해야 했던 이유가 무엇인지,
어느 밤 몰래 모인 농민들의 이야기를 들어 봅시다.

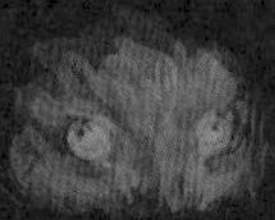

조선에서 인구의 대다수를 차지하는 우리 농민은
결코 풍족하게 살 수 없습니다.
세금을 내서 나라 살림에 보태야 하고,
국경에 일이 있으면 무기를 들고 나라를 지켜야 합니다.
성을 쌓고 도로나 다리를 고치는 데도 농민들이 동원되지요.
거기다 관리들이 나라에 바치는 지방 특산물까지 우리 몫이니,
아무리 땀 흘리며 농사를 지어도 끼니 걱정은 그칠 날이 없습니다.

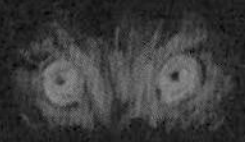

우리 동네에는 이런 상황을 견디다 못해 유민이 된 이들 또한 참으로 많습니다.
아무리 열심히 일해도 내야 할 세금만 늘어나니
누군들 그 고통을 견딜 수 있겠습니까?
차라리 고향을 떠나 화전민이 되거나 노동자가 되는 길을 선택하는 것이지요.
이런 현상은 조선 시대를 통틀어 언제나 있어 왔던 일입니다.

●●삼정(三政)의 문란(紊亂)
조선 후기에 세도 정치가 이루어지면서 돈으로 관직을 산 관리들은 본전을 뽑기 위해 열심히 농민들을 수탈하였다. 탐관오리들은 전정, 군정, 환곡을 악용하여 정해진 액수 이상을 거두었으니, 이것이 바로 삼정의 문란이다. 농사짓는 땅에 세금(전세)을 내는 전정의 경우에는, 농사를 짓지 않는 황폐한 땅 등에도 세금을 물려 부당 수익을 거두었다.

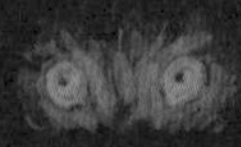

나는 강진에서 왔는데, 거기도 사정은 마찬가지랍니다.
눈 뜨고 봐 넘길 수 없는 일들이 숱하게 일어나고 있지요.
그중에서도 가장 끔찍했던 것은, 한 농민이 제 손으로

자기의 남근을 잘라 버린 사건입니다.
관에서 마을 사람들에게 군포를 거두는데,
그 사람의 돌아가신 아버지와 갓난 아들까지
군포를 내라 했다는군요.
세금을 내지 못해 하나밖에 없는 소까지 뺏길 처지가 되자,
자기가 아이를 낳아 이런 일이 생겼다며 남근을 잘라 버린 것입니다.
이 괴이하고도 슬픈 사연을 들은 사람들은 남의 일이 아니라며 눈물을 흘렸지요.

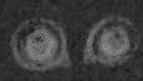

내 고향에서도 탐관오리들 때문에 겪는 고통이 이만저만이 아닙니다.
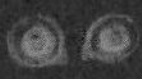
가난한 사람을 구제한다는 명목으로 만들어 놓은 환곡 제도가
백성을 살리는 게 아니라 오히려 죽이고 있으니…….
교묘한 방법으로 백성들이 피땀 흘려 가꾼 곡식을 빼앗아 가는 게
바로 환곡 제도입니다. 잘나가는 양반 지주들은 환곡 빌리는 것을 기피하고,
가난한 농민들만 원치 않는 환곡을 떠맡아
높은 이자를 물어야 하는 것이 요즘의 현실이지요.

군역(軍役)을 가는 대신 세금(군포)을 내는 제도인 군정의 경우에는, 어린이를 장정으로 편입시키거나 60세가 넘는 노인의 나이를 줄이거나 죽은 사람을 생존자로 만드는 등의 방법으로 세금을 물려 부당한 수익을 거두었다. 환곡은 원래 빈민들에게 곡식을 빌려 주는 것이었지만, 이 역시 관청의 경비 마련을 위한 세금으로 악용되었고 삼정의 문란 중 그 폐해가 가장 극심했다. 필요하지도 않은 사람에게 곡식을 강제로 빌려 주거나, 곡식에 겨를 섞어 양을 늘리고 출납 문서를 허위로 기재하기도 했다.

일곱

내가 진짜 길동이로다

그 후로도 여덟 길동은 귀신 같은 술수를 부리며 제각기 팔도를 누비고 다녔다. 하지만 그의 자취를 찾을 수 있는 사람은 없었다. 어사로 꾸미고 나타나서 수령들의 죄상을 적발해 일단 처벌한 후 임금에게 보고하기도 하고, 각 읍에서 진상하는 뇌물을 낱낱이 탈취하여 백성을 구휼하기도 했다. 때로는 고관들이나 타는 수레를 타고 서울의 넓은 거리를 왕래하며 소란을 피웠다. 조선 팔도의 수많은 관리와 부자들이 두려움에 떨었지만, 그 누구도 길동을 막을 수는 없었다. 마치 전쟁이라도 만난 듯 온 나라가 들썩거렸다.

임금의 근심은 날로 커져 갔지만, 길동의 소란에 아무런 대책도 세우지 못한 채 세월을 보낼 뿐이었다.

그러던 어느 날, 우의정이 임금께 아뢰었다.

"신이 듣자오니 도적 홍길동은 전 승상 홍문의 서자라 하옵니다. 홍문을 잡아 가두고 그 형인 이조판서 길현을 경상 감사로 임명하셔서 동생 길동을 잡아 오라 하는 것이 어떻겠사옵니까? 제 아무리 불충하고 무도한 놈이라도 제 아비와 형의 낯을 보아서 스스로 잡히지 않을까 하옵니다."

임금이 이 말을 듣고 즉시 홍문을 의금부에 가두라 하고 길현을 불렀다.

한편 홍 대감은 길동이 한 번 떠난 후 소식이 없어 늘 염려하고 있었다. 그런데 뜻밖에 길동이 큰 도적이 되어 팔도에서 소란을 피우고 있다는 소식을 듣고, 놀란 마음에 어찌할 줄을 몰랐다. 이 사실을 미리 나라에 보고하기도 어렵고, 모르는 체 앉아 있을 수도 없어 늘 괴로워했다. 결국에는 마음의 병을 얻어 병석에 눕게 되었다. 큰아들 길현은 이조판서로 있었지만, 부친의 병세가 위중해지자 말미를 얻어 집에 돌아와 아비의 병을 간호하고 있었다. 그러느라 조정에 나가지 아니한 지 한 달이 넘었으니, 당시 조정이 돌아가는 상황을 전혀 알 수 없었다.

그런데 어느 날 갑자기 의금부 법관이 들이닥쳐 왕명을 전한 뒤

∞ 구휼(救恤) — 빈민이나 이재민 등을 돕고 보살핌.

∞ 의금부(義禁府) — 왕명을 받들어 죄인을 심문하는 일을 맡아 보던 관청. 현재의 검찰에 해당한다.

홍문을 체포하여 가두고 길현을 호출하였다. 온 집안은 경황없이 허둥거렸다. 판서 길현이 대궐에 나아가 죄를 들어 벌을 청하니 임금이 말하였다.

"경의 이복 동생 홍길동이 나라의 도적이 되어 분수에 넘치도록 날뛰고 있다. 그 죄를 따지면 마땅히 가족까지 처벌할 것이지만, 경에게 한 번만 기회를 주고자 한다. 이제 경상 감사로 내려가 길동을 잡아서 홍씨 가문의 재난을 면케 하라."

길현이 땅에 엎드려 아뢰었다.

"신의 천한 동생이 일찍이 사람을 죽이고 도망한 뒤로 자취를 모르고 있었는데, 이렇듯 중죄를 지으니 그 죄로 신이 죽어 마땅하옵니다. 그러나 신의 아비는 나이 팔십에 천한 자식이 나라의 도적이 되자, 그로 인해 병이 나서 사경을 헤매고 있사옵니다. 엎드려 바라옵건대 전하께서는 하해 같은 은덕을 내리시어 신의 아비로 하여금 집에서 몸조리할 수 있게 해 주시옵소서. 그리해 주시면 제가 내려가 길동을 잡아 전하께 바치겠사옵니다."

임금이 길현의 효성에 감동하여 홍 대감을 집으로 돌려보내 치료하라 하였다. 또 길현을 경상 감사로 임명해 길동을 잡아들일 기한을 정해 주니, 길현이 임금의 은혜에 거듭 감사하고 경상도로 내려갔다.

길현은 부임하는 즉시 다음과 같은 글을 써서 각 고을마다 붙이게 하였다.

∞ 하해(河海) — 큰 강과 바다.

무릇 사람이 세상에 태어나서는 오륜을 지켜야 하는 법이니, 그중에 충과 효가 으뜸이라. 사람이 되어 오륜을 모르면 사람이 아니라 할 것인데, 너는 지혜와 식견이 예사 사람보다 더한데도 이를 모르고 있으니 어찌 안타깝지 않으랴.

우리 가문이 대대로 나라의 은혜를 입어 자자손손이 나라의 녹을 받기에, 늘 지극한 마음으로 임금의 은혜에 보답하여 왔다. 그런데 우리 대에 이르러 너로 말미암아 왕명을 거역하게 되었으니, 그 해가 장차 어디까지 미칠지 알 수 없구나. 어찌 한심하지 않으랴.

나라를 어지럽히는 신하와 임금에게 반역하는 자가 어느 시대엔들 없었으랴마는, 오늘날 그것이 우리 가문에서 나올 줄은 진실로 알지 못하였도다. 너의 죄로 인하여 임금께서 진노하셔서 그 아비와 형을 극형으로 다스리실 수도 있었다. 그런데 성은이 망극하게도 죄목을 더 보태지 아니하시고 나에게 명하여 너를 잡아 오라 하시니, 도리어 황공하기 그지없구나.

백발의 팔십 노친께서는 네가 집을 나간 후 밤낮으로 너를 걱정하셨다. 그러던 중 네가 이렇듯 사고를 저질러 나라에 죄를 지으니, 놀라신 마음에 중환이 들어 장차 일어나지도 못하게 되셨다. 부친께서 만약 너로 인하여 세상을 버리시면, 너는 이승에서도 반역의 죄를 짓고 저승에서도 만대에 불충불효의 죄를 전할 것이다. 또한 그 나머지 우리 집안인들 어찌 원통치 않겠느냐? 너는 어찌하여 넉넉한 소견으로 이를 생각지 못하느냐? 사람은 비록 너의 죄를 용서한다 하더라도 어진 하늘이 내리는 벌까지 면할 수 있으랴. 이제 마땅히 왕명을 받들어 조정의 처분을 기다려야 할 터이다. 네가 일찍 자수하여 오기를 바라노라.

감사는 임금의 근심과 부친의 병세를 염려하며 하루하루를 수심으로 보냈다. 그러면서 행여 길동이 오지 않을까 기다리고 또 기다리고 있었다.

그러던 어느 날 아전이 와 아뢰었다.

"한 소년이 밖에 와서 뵙기를 청합니다."

감사가 불러들이라 하니, 그 사람이 들어와 계단 위에 엎드려 죄를 청하였다. 감사가 이상하게 여겨 연고를 물었다. 그 사람이 고개를 들고 대답했다.

"형님께서는 어찌 아우 길동을 몰라보십니까?"

감사가 놀라 기뻐하며 달려가 길동의 두 손을 잡아 끌고 방에 들어왔다. 주위 사람을 모두 내보내고는 긴 한숨을 지으며 말하였다.

"이 철없는 아이야. 네가 어려서 집을 나간 후에 이제야 다시 보게 되는구나. 반가운 마음에 도리어 슬프기 그지없다. 네가 그만한 풍채와 재주로 어찌 그리 흉칙한 일을 저질러 부모 형제의 은혜와 사랑을 끊게 하느냐? 시골의 우매한 백성들도 충성을 알고 효도를 알 것인데, 남달리 총명하고 재주 비범한 네가 도리어 평범한 사람보다 못하니 어찌 한심하지 않을까? 똑똑한 아이 두어서 부형이 너를 자랑스러워했는데, 도리어 부형에게 근심을 끼치는구나.

네가 이제 마음을 고쳐먹고 돌아가 충성과 의리를 다한다 해도, 그 부형에겐 슬픈 마음이 없지 않을 것이다. 하물며 반역의 죄를 안고 죽게 된다면 그 슬픔을 말해 무엇하겠느냐? 국법에는 사정이 없으니, 아무리 구원코자 하여도 어쩔 수 없고 아무리 서러워한들 소

∞ 녹(祿) — 봉급. 일한 대가로 받는 보수.

용이 없다. 네가 부형의 낯을 생각해서 죽을 각오를 하고 돌아왔으나, 두렵고 슬픈 마음이 너를 아니 볼 때보다 더하구나! 네 어찌 이렇듯 감당치 못할 죄를 지었느냐? 천 년을 거슬러 올라가 보아도 오늘 밤보다 더한 생사의 이별은 없을 것이로다."

슬피 울며 이야기하는 길현의 말을 듣고, 길동 역시 길게 눈물을 흘렸다.

"이 못난 동생 길동이 본래 부형의 훈계를 듣지 않으려 했던 것은 아닙니다. 다만 팔자가 기박하여 천하게 태어난 점을 평생 한으로 여겼을 뿐이지요. 게다가 집안의 시기하는 사람을 피하여 정처 없

이 다니다 보니, 뜻밖에 도적의 무리를 만나 잠시 거기서 생활을 하였고, 그 죄가 여기까지 미치게 되었습니다. 날이 밝는 대로 소제를 잡은 경위를 보고하시고, 저를 묶어 나라에 바치십시오."

두 형제는 그간의 이야기로 밤을 새웠다.

새벽이 되자 감사는 길동을 서울로 보냈다. 형이 몸소 동생을 잡아 서울로 올려 보내는 기묘한 광경이었으니, 그렇게 이별하는 형제의

∞ **소제(小弟)** — 동생이 자신을 스스로 낮추는 말.

슬픔은 이루 말할 수 없는 것이었다. 참담한 눈물이 서로의 낯을 타고 흘렀다.

이때 조정에는 팔도의 감사들이 모두 길동을 잡아 올린다는 장계가 도착했다. 뜻밖의 일에 당황한 조정은 이 일로 온통 술렁거렸다. 이윽고 팔도에서 잡아 올린 길동들이 속속 도착하였다. 그런데 그 여덟 길동은 한결같이 똑같은 얼굴을 하고 있었다.

눈앞에 벌어진 믿기 힘든 사태에 임금 또한 도무지 어찌할 바를 몰랐다. 겨우 정신을 가다듬은 임금은 친히 여덟 길동을 놓고 심문을 하였다. 여덟 길동은 서로 다투며 제가 진짜 길동이라 말하고 있었다.

"네가 무슨 길동이냐? 내가 진짜 길동이로다."

서로 다투고 뽐내면서 한데 어우러져 뒹구니, 도리어 한바탕 구경거리가 되었다. 조정에 가득한 여러 신하며 주위의 사령들 모두 그저 의아할 뿐이었다. 여러 신하들이 왕에게 아뢰었다.

"자식을 알아보는 데는 아비만 한 자가 없을 것입니다. 이제 홍문을 불러 그 서자 길동을 가려내게 하옵소서."

임금이 옳다고 여겨 즉시 홍문을 부르니, 홍 대감이 불려 나와 땅에 엎드렸다. 임금이 말하였다.

"경이 일찍이 하나의 길동이를 두었다 했는데, 이제 여덟이 되었으니 어떠한 연고인지 알 수 없다. 경이 자세히 가려내어 더 이상 혼동케 하지 말라."

홍 대감은 울면서 대답하였다.

"신이 행실을 올바로 가지지 못하고 천첩을 가까이 하여 천한 자식을 두었습니다. 그 죄로 전하께 근심을 드리고 조정이 시끄러우니, 신의 죄 만 번을 죽어도 마땅하옵니다."

그러고는 흰 수염에 눈물을 끊이지 않고 흘리면서 길동을 꾸짖어 말했다.

"네가 아무리 불충불효한 놈이라도 위로 임금께서 친히 나와 계시고 아래로 아비가 있거늘, 그 앞에서 감히 임금과 아비를 속여 농락하느냐? 흉악한 죄가 더욱 크도다. 빨리 왕명을 순순히 받들어 형벌을 받아라. 만일 그러지 아니하면 네 눈앞에서 내가 먼저 죽어 전하의 진노하시는 마음을 만분의 일이라도 덜어 드려야겠다."

이어서 다시 임금에게 아뢰었다.

"신의 천한 자식 길동은 왼편 다리에 붉은 점 일곱 개가 있사옵니다. 이를 증거로 하여 진짜 길동을 찾으옵소서."

그러자 여덟 길동이 일시에 다리를 걷고 일곱 점을 서로 내보이는 것이 아닌가? 그 모습을 본 홍 대감은 너무 놀라고 두려운 나머지 기절을 하고 말았다. 임금이 놀라면서 급히 주위에 명령하여 홍 대감을 구하라 하였으나 회생시킬 길이 없었다. 이때 여덟 길동이 저마다 주머니 속에서 대추 같은 환약을 두 개씩 꺼내어 서로 다투며 대감의 입에다 넣었다. 잠시 후 홍 대감은 기적같이 살아났다.

여덟 길동이 엎드려 울며 임금에게 아뢰었다.

"신은 팔자가 기박하여 홍 승상 천비의 배를 빌어 태어났사옵니다. 그러하매 아비를 아비라 부르지 못하고 형을 형이라 부르지 못하는 데다가, 집안에 시기하는 자가 있어 저를 죽이려 하거늘 견디어 낼 수 없었습니다. 하여 깊은 산중에서 초목과 함께 조용히 늙고자 하였는데, 하늘이 저를 미워하셨는지 녹림 도적들의 괴수가 되고 말았습니다. 그러나 처음부터 백성의 재물은 추호도 뺏은 것이 없으며, 수령의 뇌물과 의롭지 못한 놈의 재물만을 빼앗았습니다. 어쩌다 나라 곡식을 도적질한 적은 있사오나, 임금과 아비가 한 몸이니 자식이 아비 것을 조금 먹었기로서니 어찌 도적이라 할 수 있겠습니까? 이는 모두 조정의 소인배들이 전하의 슬기로운 마음을 가리어 거짓으로 고한 죄일 뿐, 신의 죄는 아니옵니다."

임금이 크게 노하여 부르짖었다.

"네 이놈, 죄 없는 사람의 재물은 탈취하지 않았다니, 어느 앞이라고 감히 거짓을 고하느냐? 네가 합천 해인사 중을 속여 재물을 도적질하고, 또 왕릉 있는 곳에 불을 질러 무기를 훔쳤으니, 그만큼 큰 죄가 또 어디 있느냐?"

그러자 길동 일행이 다시금 머리를 조아리고 아뢰었다.

"일찍부터 해인사의 중들은 경작도 하지 아니하고 백성의 곡식을 빼앗으며, 베도 짜지 아니하고 백성을 속여 의복을 받아 입고 있습니다. 주변의 백성들은 굶주리고 있는데도, 불도를 무기로 무고한 백성들의 재물을 탈취하여 자신들의 배를 불리는 데만 애쓰고 있으니 어찌 그냥 둘 수 있겠습니까? 또 병기를 탈취한 것은 저희들이 산중에서 병법을 익혀 두었다가 나라에 환난이 있을 때 전하를 도와 나라를 구하고자 함이었습니다. 불을 질러도 능에는 절대 가까이 가지 않게 하였사옵니다.

신의 아비는 대대로 나라의 녹을 받으면서 충성을 다해 나라를 돕고 있습니다. 신의 아비가 늘 전하의 성은을 만분의 일이라도 갚지 못할까 노심초사하고 있거늘, 신이 어찌 분에 넘치는 마음을 먹겠습니까? 굳이 죄를 따져도 죽음에까지는 이르지 않을 것입니다. 그런데도 전하께옵서 조정 대신들이 헐뜯는 말만 들으시고 이렇듯 진노하시니, 신이 형벌을 기다리지 않고 먼저 스스로 죽겠사옵니다. 노여움을 푸소서."

그렇게 말을 마치고 여덟 길동이 한데 어우러져 죽었다. 주위 사람들이 괴이하게 여겨 자세히 보니, 죽은 자리에 길동은 간 데 없고 짚단으로 된 인형들만이 넘어져 있을 뿐이었다. 임금은 자신이 속았다는 생각에 노발대발하며 경상 감사에게 다시 공문을 내렸다. 길동이를 잡아 오라는 재촉이었다.

조선의 판타지, 홍길동전

너희가 판타지의 세계를 아느뇨?

요즈음 판타지가 크게 각광받고 있습니다. 과거 『퇴마록』, 『드래곤 라자』, 『용의 신전』 같은 소설들이 베스트셀러가 되기고 했고, 최근에는 영화 「해리 포터」 시리즈와 「반지의 제왕」 시리즈가 엄청난 관객을 동원하는 데 성공했습니다. 판타지 소설이나 판타지 영화는 모두 현실에서 직접 체험하기 어려운 세계를 구성하여 보여 준다는 데 특징이 있습니다. 판타지(fantasy)는 우리말로 '환상' 또는 '환상 문학'으로 번역되는데, 판타지의 몇 가지 특성에 기대어 「홍길동전」의 작품 세계에 다가가 보고자 합니다.

●●판타지의 특성 1
기이함의 세계

'판타지'의 말뜻 그대로 판타지 문학은 환상적인 인물과 환상적인 사건을 기초로 하여 구성됩니다. 한마디로 일상 세계에서 경험하기 어려운 기이한 인물이 기이한 사건을 일으키는 것입니다. 주인공은 평범하지 않은 힘과 무예, 특별한 재능, 초자연적인 능력을 가지고 있으며, 따라서 주인공이 자연스럽게 기이한 사건을 일으키고 해결하게 됩니다. 이러한 비범함은 주인공의 탄생 때부터 시작되는데, 아버지나 어머니의 꿈을 통해 비범한 인물의 탄생이 예고되는 것이 대표적입니다. 「홍길동전」에서는 아버지 홍 판서의 꿈에 왕을 상징하는 용이 등장함으로써 비범한 인물의 출생을 미리 알려줍니다. 또한 길동이 자객의 출현을 예감하는 대목에서는 범상치 않은 안목을 볼 수 있고, 관상녀와 자객을 죽이는 장면에서는 초현실적인 사건을 만나 볼 수 있습니다. 마지막 대목에서 길동이 승천하는 장면도 같은 맥락에서 읽을 수 있습니다.

●●판타지의 특성 2
탐색의 구조와 성장의 궤적

판타지의 주인공은 대체로 시련을 겪으면서 위대한 능력을 검증받으며, 최후에는 처음에 목표했던 바를 성취합니다. 이것은 그대로 소설이나 영화의 서사 구조이기도 합니다. 이는 대체로 '목표 설정 → 모험과 투쟁 → 목표 달성'이라는 3단계 구조로 나뉩니다. 이 과정은 주인공이 자아를 실현하고 성장을 이루는 궤적을 그리고 있습니다.
길동은 노비인 춘섬의 몸에서 태어난 서자로서 주변 사람들로부터 경멸과 천대를 받습니다. 태생의 한계로 인해 벼슬길도 막혀 있습니다. 더욱이 집안사람들의 흉계로 인해 죽음의 위기도 맞습니다. 이에 그는 원대한 목표를 달성하기 위해 집을 떠나 모험과 투쟁의 길로 들어섭니다. 처음에는 도적 떼들을 규합하여 활빈당을 조직하고, 가난한 백성들을 도우며, 마침내 병조 판서에까지 이릅니다. 이후에 그는 스스로 백성을 다스리는 한 나라의 왕이 됩니다. 드디어 목표를 달성한 것입니다.

●● '판타지' 바로 보기

'판타지' 에 비현실적 요소가 많고, 그것이 일정한 도식에 의해 구성되어 있다는 것은 장점이기도 하고 단점이기도 합니다.

단점을 먼저 살펴보기로 합시다. 우리는 현실 세계에서 경험할 수 없는 비현실적인 인물이나 사건이 등장하게 되면, 당연히 실감을 느끼기 어렵습니다. 그것이 '나' 의 이야기가 아니기 때문입니다. 예컨대 판타지의 주인공이 어려운 처지에 놓이게 되면, 우리는 그가 어떤 방법으로든 위기에서 벗어날 것이라고 믿기 때문에, 그 인물의 형편에 동화되기 어려워집니다. 사건의 흐름이 도식화되어 있는 것도 이와 마찬가지입니다.

그러나 반대로 비현실적 요소는 독자나 관객에게 신비롭고 경이로운 체험을 제공해 준다는 장점을 지니고 있습니다. 일상적으로 경험할 수 있는 세계에 대해서는 사람들이 무관심한 법입니다. 판타지는 비일상적인 세계를 보여 줌으로써 독자들의 관심과 흥미를 집중시킬 수 있습니다. 또 일정한 틀이 있다는 것은 낯설고 새로운 것을 이해해야 하는 독자들의 부담을 줄여 주고 긴장을 완화시켜 줌으로써 장면 장면이 주는 즐거움에 몰입할 수 있도록 도와줍니다.

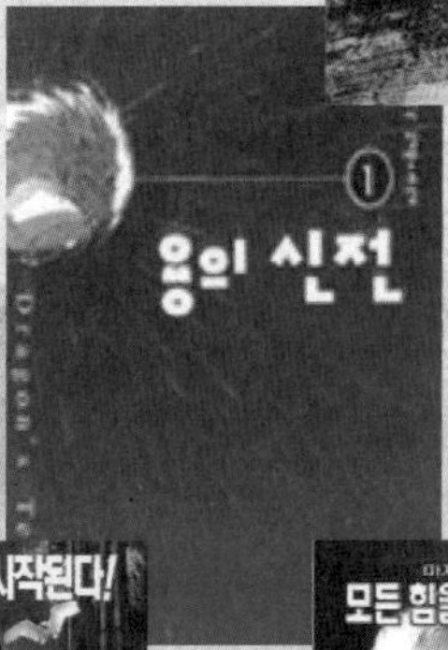

여덟

병조판서 홍길동

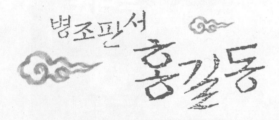

한편 경상 감사 길현은 동생을 잡아 올리고 안타까운 마음을 달래지 못하고 있었다. 공무를 전폐한 채 서울 소식만을 기다리던 중 어명을 전하는 사령이 내려왔다. 마당으로 급히 내려서서 궁궐이 있는 북쪽을 향해 네 번 절을 하고 공문을 펴 보았다.

그대가 길동을 잡지 않고 짚 인형을 보내어 법정을 소란케 하였으니, 허튼 수작으로 임금을 속인 죄를 면치 못하리라. 그러나 아직은 죄를 따지지 아니할 터이니, 열흘 이내로 대적 길동을 잡아 올리라.

감사는 황공하여 몸둘 바를 몰라하며, 부랴부랴 사방에 명령해 길동이를 잡고자 했다.

하루는 감사가 달밤을 맞이해 난간에 기대어 있었다. 그때 문득 선화당 대들보 위에서 한 소년이 내려와 엎드려 절하기에 자세히 보니 길동이었다. 감사가 길동을 크게 꾸짖으며 말했다.

"네가 갈수록 더 큰 죄를 지어 기어이 집안에 화를 끼치고자 하느냐? 지금 나라에서 내린 엄명이 막중하니 너는 나를 원망하지 말고 순순히 왕명을 받들라."

길동은 바닥에 엎드려 형에게 말했다.

"형님께서는 염려하지 마시고 내일 저를 잡아 보내십시오. 단 압송하는 군사들은 부모와 처자가 없는 자로 가려서 하시기 바랍니다."

감사가 그 이유를 물었으나 길동은 대답하지 않았다. 감사는 까닭은 알지 못한 채 동생의 요청대로 호송원을 뽑아 길동을 서울로 올려 보내었다.

조정에서는 길동이 잡혀 온다는 말을 듣고 총을 잘 쏘는 군사 수백 명을 남대문 부근에 매복시켜 놓았다. 그들에게 길동이가 문안에 들어서면 일시에 총을 쏘아 잡으라고 명령했다.

이러한 조정의 움직임을 길동은 모두 예견하고 있었다. 길동을 실은 수레가 동작리 근처를 지나고 있을 때였다. 길동은 동작리 나루

∞ **선화당(宣化堂)** — 각 도의 관찰사가 집무하는 곳.

∞ **동작리(銅雀里)** — 오늘날의 동작동, 노량진동, 흑석동 부근이다. 과천을 지나 서울로 들어오려면 동작리 나루에서 마포로 건너와 남대문으로 향했다.

를 건너면서 '비 우(雨)' 자(字)를 석 자 써서 공중에 날리고 왔다. 길동이 남대문 안에 당도하자 좌우의 포수가 명령에 따라 일시에 총을 쏘았다. 하지만 때 아닌 폭우가 갑자기 쏟아지는 바람에 총구에 물이 가득하여 총질조차 할 수 없었다. 길동을 향해 총 한 번 겨눠 보지 못한 채, 길동을 태운 수레는 대궐문 앞에 이르렀다. 길동이 호송하는 군사들에게 말하였다.

"너희는 나를 여기까지 성공적으로 압송하였으니, 이제 내가 간다 해도 처벌을 받아 죽는 일은 없을 것이다."

순식간에 몸을 날려 수레를 깨뜨리고는 수레에서 내려와 천천히 걸어 나갔다. 정예 기병들이 말을 달려 길동을 쏘려 하였다. 하지만 말을 아무리 채찍질한들 축지법을 써서 달아나는 길동을 어찌 잡을 수 있겠는가? 성안의 모든 백성들은 그 신기한 술법에 그저 놀랄 뿐이었다.

그날 한양의 사대문에는 이런 방이 붙었다.

홍길동의 평생 소원은 병조판서를 맡는 것이옵니다. 전하께서 하해 같은 은혜를 베풀어 소신을 병조판서에 임명해 주시면 신이 스스로 잡히겠사옵니다.

조정에서는 이 일을 놓고 의견이 분분하였다. 어떤 사람들은 길동의 소원을 풀어 주어 백성의 마음을 편안하게 하자고 하고, 또 어떤 사람들은 나라에 공을 세우기는커녕 만민을 소란케 하고 상감께 근심이나 끼치는 불충한 놈을 절대로 한 나라의 병조판서로 임명할 수 없다고 하였다. 그러면서 서로 다투기만 할 뿐 아무런 결론을 내리지 못한 채 며칠이 지났다.

한편 길동은 동대문 밖의 구석진 곳에 가서 둔갑술을 부리는 신장을 불러내 호령했다.

"진을 치고 싸울 준비를 하라!"

두 병사가 공중에서 내려와 몸을 굽히고 좌우에 서니, 난데없이 무수히 많은 병사들이 구름을 헤치고 나타나 한순간에 전투를 위한 진을 만들었다. 곧이어 진 가운데 황금으로 삼층의 지휘대를 쌓고, 그 위에 길동을 모셔 군대의 격식을 제대로 갖추었다. 그 위엄은 하늘을 찌를 듯하고 그 형세는 더 이상 거칠 것이 없었다.

길동이 황건역사에게 호령하였다.

"조정에서 길동을 모함하는 자들을 모두 잡아들이라."

명령을 받은 신장들이 곧장 날아가 십여 명을 쇠사슬로 엮어 끌고 왔다. 그 모습은 마치 소리개가 병아리를 채어 오는 것 같았다. 잡아 온 자들을 단 아래 꿇어앉히고 죄를 따져 물었다.

"너희는 조정의 좀벌레가 되어 나라를 속이고 홍길동 장군을 해치고자 하였다. 그 죄로 말하면 죽어 마땅하나 인생이 가련하여 목숨만은 남겨 두노라."

이들을 각각 곤장 삼십 대씩 때려 쫓아냈다. 길동이 다시 한 신장을 불러 지시했다.

"서울 재상가의 자식들이 권세를 등에 업고 힘없는 백성들을 속여 재물을 빼앗는 경우가 허다하다. 또한 이들이 의롭지 못한 일을 많이 하고 마음이 교만하되, 궁궐이 깊어 임금의 교화가 미치지 못하고 있구나. 게다가 나라의 좀인 간신이 되어 임금의 총명을 가리기까지 하니, 이 어찌 한심하지 않을까? 내 이들을 엄히 타일러야 하겠다. 서울 독서당의 무리들을 모두 잡아들이라."

신장이 구름을 일으키며 공중으로 날아가더니, 잠시 후 세도가의 자제 십여 명을 잡아 왔다.

길동이 위엄을 갖추고 호령 소리를 높여 이들을 꾸짖었다.

"너희들을 모두 세상과 떼어 놓으려 하였으나, 내가 나라의 조정에 있는 몸이 아니므로 잠시 미뤄야 하겠다. 그러나 앞으로도 네놈들이 행실을 고치지 않으면 너희가 수만 리 밖에 있다 하더라도 잡아다가 낱낱이 목을 베리라!"

이들 또한 곤장을 쳐서 내쫓은 후, 길동은 소와 양을 잡아 군사를 먹이며 잔치를 열었다. 멀리 푸른 하늘에는 흰 해가 고요하고, 둘러앉은 영웅호걸들의 모습은 자못 엄숙하였다. 길동도 술을 양껏 마시

∞ 진(陣) — 군사들의 대오를 배치한 것. 또는 그 대오가 있는 곳.

∞ 독서당(讀書堂) — 조선 시대에 젊은 문관 중에서 뛰어난 사람을 뽑아 휴가를 주어 학업을 닦게 하기 위해 설치된 집.

고 기분 좋게 취하여, 문득 칼을 잡고 춤을 추었다. 칼빛이 번쩍이어 햇빛을 희롱하고, 춤추는 소매는 가벼이 공중에 날리었다.

이럭저럭 잔치의 분위기가 무르익어 가고 날이 서서히 저물었다. 길동은 잔치를 마무리하고 신장을 돌려보낸 후에 몸을 날려 활빈당 처소로 돌아왔다.

그 후로 다시 길동을 잡으라는 명이 더욱 화급하였으나, 여전히 종적을 찾을 수 없었다. 길동은 군사를 보내어 팔도에서 장안으로 가는 뇌물을 빼앗고, 불쌍한 백성이 있으면 창고의 곡식을 내어 먹였다. 귀신처럼 출몰하는 그 재주에 사람들은 그저 놀라워할 뿐이었다.

한편 길동으로 인해 매일같이 탄식하던 임금은 마침내 결정을 내렸다.

“이놈의 재주는 사람의 힘으로 어찌할 수가 없겠다. 민심이 이렇듯 술렁이고 그 재주는 기특하니, 차라리 그 재주를 인정하여 조정에서 쓰는 것이 낫겠구나.”

임금은 병조판서를 내주겠다 하고 길동을 불렀다. 며칠 후 드디어 길동이 수레를 타고 하인 수십 명을 거느리고 대궐에 나타났다.

“성은이 망극하게도 분수에 넘치는 은혜를 입어 병조판서에 오르게 되었습니다. 성은을 만분의 일도 갚기 어려울 것이니, 황공하기 그지없나이다.”

이 말을 남기고 길동은 구름을 타고서는 하늘로 홀연히 사라져 버렸다. 그 이후로는 길동이 다시 소란을 피우지 않았고, 임금 또한 홍길동을 잡으라는 명을 거두었다.

산중에서 무리들과 함께 고요한 나날을 보내고 있던 길동은, 어느 날 부하들을 모두 불러 모았다.

"내 잠시 다녀올 곳이 있다. 그동안 너희들은 아무 데도 출입하지 말고 내가 돌아오기를 기다리라."

즉시 몸을 솟구쳐 남경으로 향하여 가다가 한 곳에 다다랐다. 그곳은 율도국이라는 나라였다. 사면을 살펴보니 산천이 깨끗하고 인물이 번성하여 편안하게 살 만한 곳이었다. 남경에 들어가 구경한 뒤, 또 제도라 하는 섬에 들어가 두루 다니면서 산천도 구경하고 인심도 살폈다. 제도에는 일봉산이라는 산이 있었는데, 가히 제일 강산이라 할 만했다. 그 둘레가 칠백 리요, 주변에는 기름진 논이 가득하여 살기에 정말 좋았다. 길동이 마음속으로 생각했다.

'내 이미 조선을 하직하기로 하였으니, 이곳에 와 조용히 지내다가 큰일을 도모하리라.'

가벼운 걸음으로 돌아온 길동은 부하들에게 말했다.

"그대들은 즉시 배를 많이 만들어 아무 날 한양 서강에서 기다리라. 내 임금께 청해 벼 삼천 석을 구해 올 것이니, 약속을 어기지 말라."

한편 길동이 잠잠해지자 아버지 홍 대감의 병은 깨끗이 나았고, 임금 또한 근심 없이 지내게 되었다.

구월 보름께의 어느 날, 임금은 달밤을 맞아 내시를 거느리고 달빛을 구경하고 있었다. 그런데 갑자기 하늘로부터 한 신선이 오색 구름을 타고 내려오더니 임금 앞에 와 엎드렸다. 임금이 놀라 물었다.

∞ 서강(西江) — 현재의 서울 마포 근처.

"귀인이 누추한 곳에 와서 무슨 허물을 이르고자 하나이까?"

"소신은 전 병조판서 홍길동이옵니다."

그제야 길동을 알아본 임금은 크게 놀라며 길동의 손을 잡았다.

"그대 그간 어디를 갔었던가?"

"전하의 성은을 생각하며 산중에서 조용히 나날을 보내었습니다. 소신이 이제 뜻한 바가 있어 조선을 떠나려고 합니다. 다시 전하를 뵈올 날이 없겠기에 하직 인사를 드리러 왔사옵니다. 마지막으로 바라옵건대, 전하의 넓으신 덕으로 벼 삼천 석만 주시면 수천 인명이 살아날 것이옵니다. 부디 성은을 바라나이다."

임금이 허락하면서 말했다.

"너는 어찌하여 신기한 재주를 조선국을 위해 쓰지 않는가?"

"신은 본디부터 전하를 받들어 만세를 모시고자 했습니다. 그러나 제가 천한 종의 몸에서 태어났기 때문에 문(文)으로는 홍문관이나 예문관 벼슬길이 막혀 있고, 무(武)로는 선전관 벼슬길이 막혀 있습니다. 이런 까닭으로 사방을 멋대로 떠돌아다니면서 관청에 폐를 끼치고 조정에 죄를 지었던 것이옵니다. 이제 망극하게도 신의 소원을 풀어 주셨으니, 전하를 하직하고 조선을 떠나가려 하옵니다. 엎드려 바라옵건대 전하께서는 만수무강하십시오."

∞ 홍문관(弘文館)과 예문관(藝文館) — 홍문관은 조선 시대에 궁중의 경서(經書)와 사적(史籍)을 관리하는 한편 왕의 자문에 응하는 일을 맡아보던 관청이고, 예문관은 왕의 명령을 기록하는 일을 맡았던 관청이다.

∞ 선전관(宣傳官) — 왕을 경호하고 왕명을 전달하는 임무 등을 맡았던 무관.

∞ 대동당상(大同堂上) — 곡식의 출납을 맡아보았던 기구의 관장.

한참 동안 고개를 조아리고 있던 길동은 구름을 타고 가면서 마지막 인사를 남겼다.

"전하 덕분에 벼 삼천 석을 얻으니 성은이 갈수록 망극하옵니다. 벼를 내일 서강으로 운반하여 주십시오."

공중으로 사라지는 길동의 모습을 보며 임금은 못내 안타까워하였다.

"넘치는 재주를 가졌으되 나라를 위해 쓰지 못하니, 어찌 아깝지 않으랴."

이튿날 임금은 대동당상에게 명령하였다.

"벼 삼천 석을 서강으로 운반하라."

조정의 신하들은 그 까닭을 몰라 어리둥절해했다. 길동의 청에 따라 벼를 서강 나루로 실어다 놓으니, 먼 곳에서 여러 척의 배가 쏜살같이 미끄러져 들어와 벼를 싣고 떠났다. 배가 저만치 멀어질 즈음 뱃머리에 홀연 길동이 나타났다. 길동은 대궐을 향하여 네 번 절하며 하직 인사를 올렸다.

길동은 그렇게 삼천 명의 군사를 거느리고 망망대해로 떠났다. 길고 긴 항해 끝에 그들이 도착한 곳은 다름 아닌 제도였다.

상륙한 후에는 제일 먼저 창고와 궁궐을 세워 안정을 도모했다. 부하들로 하여금 농업에 힘쓰게 하고, 각국을 왕래하며 무역을 했다. 한편으로는 틈틈이 병법을 익혀 군사를 훈련시키기도 했다. 오래지 않아 제도에는 병기와 군량미가 산같이 쌓이고, 군사력도 강해져서 누구도 대적할 수 없을 정도가 되었다.

아홉

세 부인을 얻다

제도에서의 평안하고 고요한 시간은 그렇게 흘러갔다.

어느 날, 길동은 화살촉에 바를 약을 구하기 위해 약초를 캐고자 망당산으로 갔다. 가는 길에 낙천현이라는 곳에 이르렀는데, 그곳에는 백룡이라 하는 만석꾼 부자가 있었다. 백룡에게 아들은 없고 일찍이 딸을 하나 두었는데, 마음씨와 외모가 모두 아름다웠다. 물에 잠긴 물고기처럼 유연하고 물가에 내려앉는 기러기처럼 날렵한 자태를 지니고 있었으며, 달보다 환한 용모에 꽃이 부끄러워할 정도였다. 게다가 고전을 두루 섭렵하였으니, 이백과 두보에 못지않은 글솜씨를 지녔다. 아름다운 모습은 장강을 비웃고, 사덕은 태사를 본받아 말 하나 행동 하나마다 예절을 갖추었다. 이러하니 그 부모가 매우 사랑하여 아름다운 사위를 구하고 있었다.

그런데 백 소저가 열여덟 살이 되던 어느 날, 뇌성벽력과 폭풍우가 몰아치더니 그녀가 갑자기 사라져 버렸다. 백룡 부부가 거금을 들여 사방으로 딸을 찾았으나, 도무지 종적을 알 수 없었다. 백룡은 실성한 사람이 되어 거리로 다니며 "누구라도 내 딸을 찾아 준다면 사위로 삼고 재산의 반을 주겠다."고 하였다. 길동도 이 안타까운 사연을 풍문으로 전해 들었지만, 도울 방법이 막연하였기에 흘려 버릴 수밖에 없었다.

망당산으로 간 길동은 약초를 캐기 위해 점점 더 깊은 곳으로 들어갔다. 한참을 그렇게 가다 보니 그만 날이 저물어 버렸다. 깊고 어두운 산중에서 갈 곳을 몰라 방황하고 있을 때, 문득 멀리서 새어 나오는 불빛이 보였다. 가만히 귀 기울여 들으니, 여러 사람들이 떠드는 소리도 들렸다. 길동은 반가운 마음에 얼른 달려가 보았다. 그곳에는 수백 명이 무리를 지어 뛰놀며 즐기고 있었는데, 자세히 보니 그것은 사람이 아니라 사람의 형상을 닮은 짐승이었다. 크게 놀란 길동은 재빨리 몸을 숨기고 그들을 살폈다.

이 짐승들은 바로 을동이라고 하는 요물이었다. 길동은 조용히 활

∞ **장강(莊姜)** — 중국 춘추 시대 위장공(衛莊公)의 부인. 미인으로 이름난 여인이었다.

∞ **사덕(四德)** — 부녀자의 네 가지 덕. 곧 언(言), 덕(德), 공(功), 용(容).

∞ **태사(太姒)** — 중국 주(周)나라 문왕(文王)의 부인이며 무왕(武王)의 어머니. 어질고 덕망이 높았다고 한다.

∞ **소저(小姐)** — '젊은 여자'를 일컫는 말.

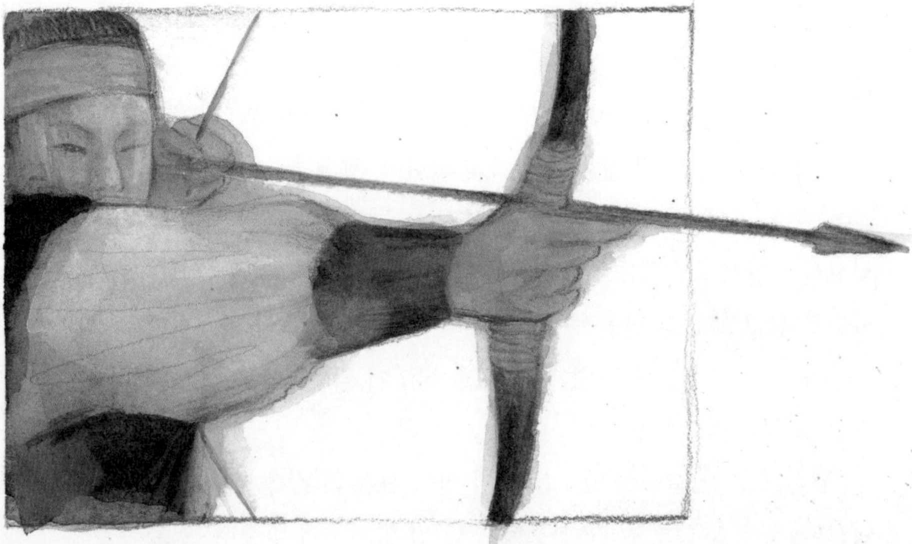

을 겨눠서 제일 높은 자리에 앉아 있는 놈을 쏘아 맞혔다. 대장 을동이가 화살을 가슴에 꽂은 채 놀라 소리를 지르며 달아났다. 길동이 쫓아가 잡으려 하다가 밤이 이미 깊었기에 포기하고, 소나무에 의지하여 하룻밤을 지냈다.

다음 날 아침, 길동은 일어나자마자 어제 을동이가 화살을 맞은 자리를 살펴보았다. 그곳에는 짐승의 피가 떨어져 있어 달아난 방향을 알 수 있었다. 피의 흔적을 따라 몇 리를 들어갔더니 웅장하게 큰 집이 나타났다. 문을 두드리자 한 짐승이 나와서 물었다.

∞ 편작(扁鵲) — 중국 전국 시대의 이름난 의사. 편작은 명의의 대명사로 쓰인다.

"그대는 누군데 이곳에 왔소?"

길동이 대답하였다.

"나는 조선국 사람입니다. 이 산으로 약초를 캐러 왔다가 길을 잃고 이곳에 왔습니다."

그 짐승이 반가운 낯으로 길동을 반겼다.

"그러면 그대가 의술을 알겠구려. 우리 대왕이 미녀를 새 부인으로 정하고 잔치를 하며 즐기다가, 난데없이 날아온 화살에 맞아 사경을 헤매고 있소이다. 오늘 다행히 그대를 만났으니, 만일 의술을 알거든 부디 우리 대왕을 살려 주오."

"내가 비록 편작의 재주는 없으나 웬만한 병은 고칠 수 있소."

길동의 대답에 짐승은 크게 기뻐하며 길동을 안으로 불러들였다. 그를 따라 길동이 안으로 들어갔더니, 화살을 맞은 우두머리 짐승이 신음하면서 말했다.

"내 목숨이 하루를 이어 가기 힘들었는데, 하늘이 도와 선생을 만났소이다. 좋은 약으로 나를 구해 주시오."

길동이 상처를 살피고는 대수롭지 않은 듯 이야기했다.

"별로 어려운 병이 아니외다. 마침 내게 좋은 약이 있소. 한 번 먹으면 비단 상처에만 이로운 것이 아니라, 온갖 병이 깨끗이 없어지고 영원히 죽지 않을 것이오."

을동이가 크게 기뻐하며 약을 청했다. 길동이 비단 주머니를 열고 약 한 봉지를 꺼내어 술에 타 주었다. 을동이란 놈이 허겁지겁 약을 받아 마시더니, 갑자기 배를 두드리고 눈을 씰룩이며 소리를 빽빽 질러 댔다. 다리를 발발 떨고 이는 박박 갈면서 길동을 향해 외쳤다.

"약이 아니라 독이로다. 네가 나에게 무슨 원수를 졌길래 날 해치려 드느냐?"

고래고래 괴성을 지르며 황급히 자기 동생들을 불렀다.

"어쩌다 흉적을 만나 내가 죽게 되었구나. 너희들은 이놈을 죽여 내 원수를 갚아 다오."

그러고는 숨을 세차게 헐떡이다가 결국 죽어 버렸다. 대장의 죽음에 분노한 을동이들이 일제히 칼을 들고 달려 나왔다.

"내 형을 무슨 죄로 죽이느냐? 내 칼을 받아라."

길동이 비웃으며 말했다.

"제 수명이 그밖에 안 되는 것이로다. 내가 어찌 죽였겠느냐?"

을동이들이 크게 노하여 칼을 들고 길동을 치려 했다. 길동이 대적하고자 했으나 손에 작은 칼 하나 없고 형세는 위급하므로, 일단 몸을 날려 공중으로 달아났다.

을동은 본래 수만 년 묵은 요귀여서 바람과 구름을 잘 부리고 요술이 뛰어났다. 무수한 요귀가 바람을 타고 올라오기에, 길동이 할 수 없이 도술로 육갑신장을 불러냈다.

곧이어 무수한 신장들이 공중에서 구름을 뿌리며 나타나더니, 이내 모든 을동을 결박하여 땅에 꿇리었다. 길동이 칼을 빼앗아 을동을 다 베고 내실로 들어갔다. 안에는 세 여자가 있었다. 칼을 치켜들고 그들마저 베려 하자 여자들이 울면서 매달렸다.

"저희들은 요귀가 아닙니다. 불행하게도 요귀에게 잡혀 와 죽고자 했으나, 틈을 얻지 못하여 이렇게 살아 있습니다."

길동이 그 여자들의 이름을 물었다. 한 여자는 바로 낙천현 백룡의 딸이요, 두 여자는 함께 잡혀 온 양가집 규수들이었다. 길동은 여자들을 데리고 낙천현으로 돌아와서는 백룡을 찾아가 그간의 정황을 이야기했다. 사랑하던 딸을 찾은 백룡은 크게 기뻐하며 거금을 들여 잔치를 베풀고, 약속한 대로 길동을 사위로 삼았다. 죽은 줄로만 알았던 동네 여인들이 돌아온 데다가, 아름다운 백년가약까지 어우러지니 온 마을이 기쁨으로 들썩거렸다. 마을 사람들이 함께 모여 경사를 축하하며 즐기던 중, 나머지 두 여인의 아비도 길동에게 간청하였다.

∞ 육갑신장(六甲神將) — 도술로 불러내는 신장의 이름.

∞ 시첩(侍妾) — 귀족이나 벼슬아치가 데리고 사는 첩.

"은혜를 갚을 길이 없으니, 저희 딸을 시첩으로 삼아 주시옵소서."

이리하여 스무 살이 되도록 부부의 즐거움을 모르던 길동은 하루 아침에 세 부인을 얻게 되었다. 그 사랑은 비할 데 없이 굳었으며, 백룡 부부도 길동 부부를 무척이나 사랑스러워하였다.

낙천현에서의 꿈 같은 며칠을 보낸 길동은, 다시 제도로 돌아가고자 장인에게 함께 떠날 것을 권유하였다. 백룡 부부는 고향 땅을 떠나는 것이 마음에 걸려 망설였지만, 이내 사위를 따르기로 결심하고 일가친척까지 모두 데려가기로 하였다. 길동은 세 부인과 백룡 부부, 일가친척을 다 거느리고 제도로 향하였다.

제도의 강변에는 모든 군사들이 길동을 맞기 위해 나와 있었다. 군사들은 길동의 결혼 소식에 마치 제 일인 듯 기뻐했다. 여러 날 동안 함께 큰 잔치를 열고, 길동이 부인을 얻은 것을 축하하며 즐겼다.

홍길동은 실존 인물이었다!

실존 인물 홍길동

홍길동이 역사적으로 실존했던
인물이라는 이야기를 들어 보셨나요?
조선 시대를 기록한 문헌들에서 우리는
'홍길동' 이라는 이름을 발견할 수 있습니다.
기록 속의 홍길동은 과연 어떤 인물이었는지,
우리가 알고 있는 소설의 주인공과는
어떤 연관이 있는지 함께 살펴봅시다.

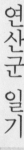

연산군 일기

연산군 6년(1500년) 10월 22일

영의정 한치형 · 좌의정 성준 · 우의정 이극균이 아뢰기를, "듣건대, 강동 홍길동을 잡았다 하니 기쁨을 견딜 수 없습니다. 백성을 위하여 해독을 제거하는 일이 이보다 큰 것이 없으니, 청컨대 이 시기에 그 무리들을 다 잡도록 하소서." 하니, 그대로 좇았다.

연산군 6년 12월 29일

의금부의 위관이 아뢰기를, "강도 홍길동이 옥정자와 홍대 차림으로 첨지라 자칭하며 대낮에 떼를 지어 무기를 가지고 관부에 드나들면서 기탄없는 행동을 자행하였는데, 권농이나 이정들과 유향소의 품관들이 어찌 이를 몰랐겠습니까. 그런데 체포하여 고발하지 아니하였으니 징계하지 않을 수 없습니다. 이들을 모두 변방으로 옮기는 것이 어떠하리까." 하니, 전교하기를, "알았다." 하였다.

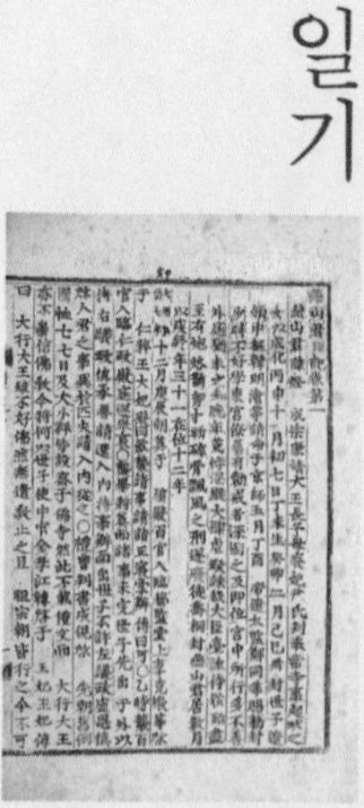

연산군 일기

홍길동 체포 전후의 어수선한 분위기를 짐작케 하는 조선왕조실록의 『연산군 일기』. 여기에는 삼정승이 함께 모여 임금에게 직접 홍길동을 잡은 사실을 보고하는 내용과, 홍길동을 돕거나 눈감아 준 관리들이 많았다는 내용이 담겨 있습니다. 이 외에도 연산군 일기의 10월 28일, 11월 6일, 11월 28일 기록에서는 홍길동을 도와준 엄귀손 등의 처벌에 관한 내용을 발견할 수 있습니다.

중종실록

중종실록

중종 8년(1513년) 8월 29일

충청도는 홍길동이 도둑질한 뒤로 유망이 또한 회복되지 못하여 양전을 오래도록 하지 않았으므로 세를 거두기가 실로 어려우니……

중종 25년 12월 28일

옛날 홍길동의 무리를 금부에서 추문한 전례가 이미 있기 때문에 이제 전례를 참작하여 한 것이다.

중종 26년 1월 1일

이 도둑들은 옥관자를 갖추고 있다 하니 홍길동이 당상의 의장을 갖추고 있던 것과 다를 것이 없다.

『중종실록』에서는 충청도 지역에서 홍길동 토벌 작전의 여파로 고향을 떠난 사람들이 많아 세금을 예전처럼 거두기 어렵다는 내용과 함께, 중종 대에 나타난 도적의 무리를 홍길동과 연관지어 말하는 내용 등을 찾아볼 수 있습니다. 이러한 사실은 중종 대에까지 홍길동의 명성이 사그라지지 않았음을 보여 주는 것입니다.

홍길동 생가터 홍길동 생가터는 전남 장성군 황룡면 아곡리에 있다.

길동샘 생가터 아래에는 길동이 어려서 먹고 살았다는 길동샘이 있다.

증보 해동이적

옛적에 듣자니, 국조 중엽 이전에 홍길동이란 자가 있었는데 재상 홍일동의 서자 동생이다. 재기를 믿고 스스로 호탕해하였으나 과거를 보아 청훈과 현직을 맡는 것이 허용되지 않는 국법에 구속되어 하루아침에 홀연히 도망갔었다.

조선 후기의 대표적 야담집인 이 책에는 홍길동의 출생에 대한 기록이 담겨 있으며, 이후의 국외 도피에 대해서까지 언급하고 있습니다.

이상의 기록으로 미루어 볼 때, 소설 속 주인공과 흡사한 홍길동이라는 인물이 우리 역사에 실제로 존재했음을 알 수 있습니다.
홍길동은 재상가의 서자로 태어나 나라를 떠들썩하게 한 도적의 우두머리였지요. 관리의 복장으로 관아를 활보하고 다녔던 것이나, 이후 해외로 진출한 점 등 소설의 주인공과 실존 인물 사이에는 여러 가지 닮은 점이 있습니다. 아마도 허균은 바로 이 홍길동을 모델로 하여 『홍길동전』을 창작했던 것 같습니다. 많은 이들에게 알려진 인물을 주인공으로 선택함으로써, 좀 더 폭넓은 공감대를 형성하고자 했던 것입니다.

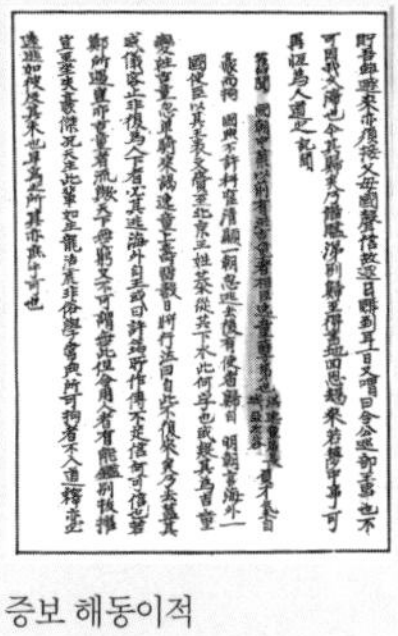

증보 해동이적

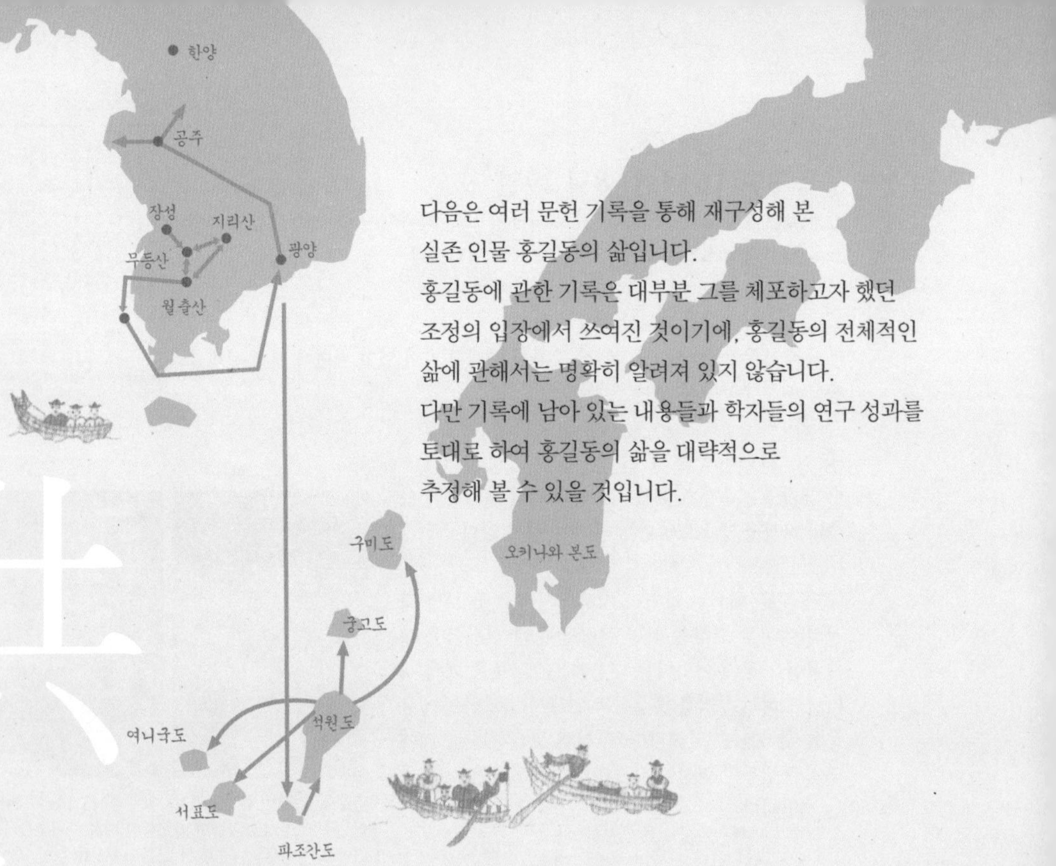

다음은 여러 문헌 기록을 통해 재구성해 본 실존 인물 홍길동의 삶입니다. 홍길동에 관한 기록은 대부분 그를 체포하고자 했던 조정의 입장에서 쓰여진 것이기에, 홍길동의 전체적인 삶에 관해서는 명확히 알려져 있지 않습니다. 다만 기록에 남아 있는 내용들과 학자들의 연구 성과를 토대로 하여 홍길동의 삶을 대략적으로 추정해 볼 수 있을 것입니다.

◎ 출생

1440년 전라도 장성현 아차곡(오늘날의 전남 장성군 황룡면 아곡리)에서 홍상직의 서자로 태어났다.

◎ 국내 활동

1460년 서얼의 관리 등용을 금지하는 경국대전이 반포되면서 과거를 포기하고 집을 떠났다. 장성현의 갈재를 중심으로 활동하다가 광주 무등산, 영암 월출산에 본거지를 정하고, 탐관오리와 부유층의 재산을 빼앗아 가난한 백성에게 나눠 주는 의적 활빈 활동을 하였다.

1469년 정부의 대대적인 토벌 작전으로 관군에 쫓겨 전라도 나주 압해도(현재 신안군 압해면) 쪽으로 활동 근거지를 옮긴다.

1470년 가짜 홍길동을 내세워 관군을 따돌린 홍길동 집단은 남서해안의 여러 섬을 중심으로 생업에 종사하며 평화스럽게 살았다.

1485년 관에서 홍길동을 폭도로 몰아 강경 진압을 하고, 무고한 사람을 죽이는 등 사태가 심각해지자, 홍길동 집단은 생업을 뒤로한 채 재무장하여 투쟁에 나서게 된다.

1490년 관군의 해상 봉쇄 작전으로 고립되어 버린 홍길동 집단은 전라도 남해안 광양현(현재의 순천 광양만)으로 상륙을 단행한다.

1495년 충청도 전역으로 세력을 넓히고, 공주 무성산에 요새를 쌓아 관군에 대항하며 집단 생활을 영위한다. 이때에는 엄귀손 등 조정의 고위 관리는 물론 지방의 수령, 아전 들까지 이들의 활동을 도왔다.

1500년 홍길동은 체포의 형식으로 자수를 하였는데, 그 이유는 정확히 밝혀져 있지 않다. 체포된 후에는 관직을 사칭한 죄로 남해 삼천리 유배형을 받는다.

◎ 국외 활동

1500년 유배지에서 탈출, 오키나와 열도 최남단의 작은 섬 파조간도에 정착한다.

1501년 석원도로 진출하여 집단 거주지를 조성하고, 서표도 등 인근의 지배권을 장악한다.

1504년 궁고도의 추장인 나카소네의 혹독한 압제와 과중한 세금으로 고통에 시달리던 원주민을 모아 전쟁을 일으켜 승리한다.

1505년 구미도에 상륙, 추장을 몰아내고 일본, 중국 등을 상대로 무역을 하면서 동중국해의 해상권을 장악한다.

1510년 문헌 기록과 『홍길동전』의 여러 이본을 토대로 추정한 결과 홍길동은 약 70세에 사망하였을 것으로 보인다.

열

아버지의 죽음

세월은 물과 같이 흘러갔다.

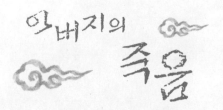

어느 날, 길동은 달빛을 즐기며 서성거리다가 문득 천문을 살폈다. 하늘에는 아버지 홍 대감이 곧 돌아가실 징조가 뚜렷하게 서려 있었다. 슬픔을 이기지 못하고 길게 통곡하는 길동의 모습을 보고, 부인 백씨가 놀라 물었다.

"낭군께서는 평생 슬퍼하시는 일이 없더니, 오늘 무슨 일로 눈물을 흘리십니까?"

길동이 탄식하며 말했다.

"나는 천하의 불효자요. 나는 원래 이곳 사람이 아니라 조선국 홍 승상의 서자라오. 집안의 천대가 심하고 조정에도 참여치 못하므로, 장부로서 울적한 마음을 참지 못해 부모님을 하직하고 여기까지 오게 되었소. 부모의 안부를 늘 염려하고 있었는데, 오늘 하늘의 운수를 살펴보니 부친께서 머지않아 돌아가실 것이 틀림없구려. 내 몸이 만 리 밖에 있는 터라 부친 생전에 못 뵈올 것이 너무 슬프오."

길동의 말을 들은 백씨는 '그 근본을 감추지 아니하니 과연 장부로다!' 하며 내심 탄복하고, 또한 슬퍼하는 길동을 따뜻하게 위로하였다.

이후 길동은 군사를 거느리고 일봉산에 들어가 산세를 살펴 명당을 찾은 뒤, 날을 가려 작업을 시작했다. 좌우의 산골짜기와 묘를 왕의 능처럼 꾸미고 돌아와 모든 군사를 불러 말했다.

"내가 이제 조선에 잠시 나가 보려 한다. 너희들은 모월 모일 큰 배 한 척을 준비하여 조선국 서강에 와서 기다려라. 내가 부모님을 모셔 올 것이니 미리 알아서 준비해 두거라."

길동은 세 부인에게 하직한 후 작은 배를 타고 급히 조선으로 향했다.

한편 홍 대감은 아흔 살이 되던 해에 병을 얻었다. 구월 보름날, 병이 더욱 깊어 가는 것을 깨달은 대감이 부인과 장남 길현을 불렀다.

"이제 내 나이 구십이니 오늘 죽는다 해도 무슨 한이 있겠는가? 다만 길동이가 눈에 밟히는구나. 길동이 비록 천첩 소생이나 나의 핏줄인데, 한 번 집을 나간 후 생사도 알지 못한 채 임종을 맞을 듯하다. 이 어찌 슬프지 않겠느냐? 바라건대 내가 죽은 후에라도 길동의 어미를 편히 대접하라. 또한 길동이가 돌아오더라도 천비 소생으로 알지 말고, 한 배에서 난 형제같이 대하도록 하라."

또 길동의 어미를 불러 가까이 앉으라 하고는 손을 잡고 눈물을 흘리면서 말했다.

"길동이 나간 후에 소식이 끊어져서 아직까지도 생사를 모르고 있구나. 나의 그리움도 이다지 간절한데 네 마음이야 오죽할까? 길동이는 예사 인물이 아니니, 만일 살아 있으면 너를 저버리지 않을 것이다. 부디 몸을 잘 보살펴서 지내라. 내가 황천으로 간다 해도 너희를 잊지 않으리라."

이 말을 마지막으로 대감은 세상을 떠났다. 부인이 기절하고 여기저기서 곡성이 터져 나왔다. 길현도 슬픈 마음을 억제치 못하여 눈물을 비 오듯 흘리는 한편, 어머니를 붙들고 위로하여 진정시켰다. 그런 다음 초상 제사를 예로써 극진히 차렸다. 길동의 어미는 자식 생각까지 겹쳐 더욱 서럽게 울어 대니, 그 가련한 모습은 차마 볼 수가 없을 정도였다.

길현은 명산을 구하여 대감의 시신을 안장하고자 지관을 여러 명 풀었지만, 마땅한 곳을 찾지 못해 근심에 빠졌다.

하루는 하인이 들어와 말했다.

"문 밖에 어떤 중이 와 조문하겠다고 합니다."

길현이 괴상히 여기며 들어오라 하니, 그 중이 들어와 조문을 하고는 엎드려 서럽게 울어 댔다. 모든 사람이 의아해하자, 길현이 중에게 물었다.

"아버님께서 생전에 친근히 지낸 중이 없었거늘, 어떤 분이길래

∞ 지관(地官) — 땅의 기운을 살펴서 집터나 묏자리를 찾는 사람.

이토록 애통해하시는고?"

그제야 중이 넓은 모자를 벗었다.

"형님께서 어찌 소제를 모르시나이까?"

그 중은 다름 아닌 길동이었다. 길현은 크게 놀라 반기며 길동을 얼싸안고 눈물을 흘렸다. 내당으로 들어가 대감 부인께 아뢰니, 부인 역시 무척 반가워하였다. 부인이 길동의 손을 잡고 눈물을 흘리면서 말하였다.

"네가 어려서 집을 떠나 이제야 돌아오니, 옛일을 생각하면 도리어 부끄럽구나. 그 사이 종적을 아주 끊고 어디에 갔더냐? 대감이 너를 잊지 못하고 떠나시면서 여차저차하게 유언을 남기셨다. 죽기 직전까지 너를 보고 싶어하셨는데, 결국 생전에 만나 뵙지 못하였구나. 어찌 원통치 아니하랴?"

부인은 곧장 길동의 어미 춘섬을 불렀다. 춘섬은 길동이 왔다는 소식에 헐레벌떡 달려왔다. 이윽고 모자가 서로 해후하니, 실로 긴 이별 뒤의 만남이었기에 둘 다 흐르는 눈물을 감출 수가 없었다. 길동이 부인과 모친을 위로한 후 형에게 말했다.

"소제가 그간 산중에 숨어 살면서 지리를 익혀 부친의 묏자리를 알아보았습니다. 혹시 이미 잡아 놓은 터가 있사옵니까?"

길현이 이 말을 듣고 무척 반가워하였다. 날이 새면 길동이 정한 곳을 찾기로 하고, 형제는 밤늦도록 정담을 나누었다.

다음 날 길동이 형을 모시고 나서, 이윽고 한 곳에 이르렀다.

"이곳이 소제가 정한 땅입니다."

그런데 그곳은 겹겹이 쌓인 돌산이 험악하고 즐비한 옛 무덤이 수없이 많은 땅이었다. 길현은 내심 불만스러웠다.

"너의 높은 소견은 알지 못하겠지만, 내 마음에는 들지 않는구나. 다른 땅을 찾아보는 것이 어떻겠느냐?"

길동이 거짓으로 탄식하며 말하였다.

"이 땅이 보기엔 이렇지만 앞으로 여러 대에 걸쳐 장수와 재상이 날 땅입니다. 허나 형님의 생각이 그러하다면, 안타깝지만 어쩔 수 없겠지요."

길동은 갑자기 도끼를 들어 땅을 쪼개었다. 그러자 그곳에서 오색 기운이 일어나며 푸른 학 한 쌍이 푸드득 날아갔다. 그 모습을 본 길현이 크게 뉘우치며 길동의 손을 잡고 말했다.

"시원찮은 형의 생각 때문에 참으로 훌륭한 땅을 잃었구나. 어찌 아깝지 않으랴. 이제 그 상서로운 기운이 새 버렸으니 소용이 없을 터이다. 길동아, 어디 다른 곳은 없느냐?"

길동이 대답하였다.

"한 곳이 있는데 여기서 수만 리나 떨어져 있어서 그것이 염려스럽습니다."

"수만 리가 떨어져 있더라도 부친께서 편히 쉴 땅이라면 상관하지 않겠다."

형제가 집으로 와서 대감 부인에게 그 같은 이야기를 전했다. 부인도 안타까운 마음이 없지 않았으나 길동을 믿고 허락하였다.

제도로 떠나기 전날 밤, 길동은 부인을 찾아가 또다시 부탁을 드렸다.

"소자가 돌아와서 모자의 정도 다 나누지 못하고 떠나게 되니 너무나 안타깝습니다. 더구나 삼 년의 탈상까지 부친 영전에 아침저녁 음식을 올리려면 어려움이 많을 것 같습니다. 이번 길에 저의 어

미와 함께 가면 어떨까 합니다."

"네 생각이 그러하다면 뜻대로 하거라. 나는 그저 너만 믿는다. 부디 대감을 평안히 모셔 주길 바란다."

다음 날, 새벽이 밝자마자 길동은 어미와 형을 모시고 출발하였다. 서강에 이르니 전에 일러둔 대로 큰 배 한 척이 대기하고 있었다. 관을 배에 싣고 짐 나르는 하인들을 다 보낸 후 형과 어미를 모시고 바다로 배를 저어 나갔다.

며칠의 항해 끝에 일행은 제도에 이르렀다. 도착하자마자 시신을 대청 위에 모셔 놓고, 날을 가리어 일봉산에 올라 장례를 치렀다. 그 묘와 장례 절차는 왕의 그것과 다름이 없었다. 길현은 너무 분에 넘친다는 생각이 들어 못내 부담스러웠다. 형의 이런 눈치를 짐작하고서 길동이 말하였다.

"너무 걱정하지 마십시오. 여기는 조선 사람이 출입하는 곳이 아닙니다. 또한 자식 되는 자가 부모의 장례를 치르는데 죄 될 것이 무엇이 있겠습니까?"

∞ **탈상(脫喪)** — 어버이의 삼년상을 마침.

∞ **영전(靈前)** — 죽은 이의 혼령을 나타낸 위패나 초상 앞.

부친을 안장한 지 며칠이 지나, 형 길현이 고향으로 돌아가고자 하였다. 길동이 길 떠날 준비를 해 주고는 형에게 이별을 고하였다.

"이제 형님을 다시 뵐 날이 막연합니다. 제 어머니는 이미 이곳에 오셨으므로 차마 헤어질 수 없사오니 제가 모시겠습니다. 또한 부친 역시 생전에 형님이 모셨으니, 이제 제사는 소제가 받들어서 불효한 죄를 만분의 일이나마 덜까 하옵니다."

길현과 길동은 함께 산소에 올라 부친께 하직하고 내려와 이별을 하였다. 서로 다시 만나기를 바라며 못내 아쉬워하는 모습은 보는 이들로 하여금 눈물을 자아냈다. 작은 배 한 척을 재촉하여 고국을 향해 출발하려 할 때, 길현이 길동의 손을 굳게 잡았다.

"슬프구나, 길동아. 이 이별이 언제까지일는고? 너는 나의 마음을 살펴 내 생전에 부친 묘소를 다시 찾을 수 있도록 하여라."

말을 마치며 하염없이 눈물을 흘려 옷깃을 적셨다. 길동 또한 눈물을 흘리며 말했다.

"형님께서는 고국에 돌아가 부인을 모시고 만수무강하소서. 다시 뵐 기약은 정하지 못하겠사옵니다. 저희 형제가 무슨 운명을 타고 났는지, 남북 수천 리에 나뉘어서 다정하게 이불을 같이 덮을 수도 없고, 오순도순 나란히 앉아 서로 도울 수도 없사옵니다. 속절없이 북으로 가는 기러기를 탄식하며, 동으로 흐르는 물을 바라볼 따름

입니다. 생사를 예측할 수 없는 이별 앞에 가슴 아프기는 형님과 제가 한가지입니다. 아무리 철석 같은 마음인들 어찌 견디겠습니까? 이별의 마음 저 역시 찢어집니다."

두 줄기의 눈물이 말소리를 따라 떨어지니, 진실로 상심에 찬 한마디였다. 강물이 이들을 위하여 소리를 그치고, 가던 구름도 잠시 멈춰 선 듯했다. 차마 서로 떠날 수가 없어 한참을 서 있다가, 이윽고 슬픔을 억누르며 서로를 위로했다.

길현은 배를 띄워 조선으로 떠났다. 고국에 돌아와 모부인을 뵙고, 산소에 관한 일을 비롯해 그동안 있었던 일들을 낱낱이 이야기하니 부인도 크게 감탄하였다.

열하나

율도국을 정벌하다

형과 이별한 후에 길동은 삼년상을 극진히 치르고 더욱 열심히 제도를 다스렸다. 군사들을 동원하여 농업에 힘쓰고, 군법을 철저히 시행하였다. 양식은 점점 넉넉해지고, 수만 군사들의 무예와 군법은 천하에서 제일이었다.

이때 이웃 나라 율도국의 왕이 나랏일에는 힘쓰지 않고 주색에 빠져 지내고 있었다. 자연히 조정에는 간신들이 들끓었으며, 율도국 백성들이 도탄에 빠져 아우성치는 소리가 하늘을 찔렀다.

일찍이 율도국을 눈여겨보았던 길동은 이곳을 쳐 무고한 백성들을 구해 내기로 마음먹었다. 모든 군사들을 한데 모아 놓고 이에 대해 의논을 하였다.

"우리가 어찌 이 섬만 지키면서 세월을 헤아리고 있겠는가? 지금 이웃 나라 율도국의 민심이 흉흉하고 백성들은 큰 고통을 겪고 있다 하더구나. 이에 율도국을 치고자 하니 각자의 의견이 어떠한가?"

길동의 제안에 모든 군사와 백성들은 일제히 환영을 하였다.

길동은 즉시 날을 잡아 출병하였다. 세 사람의 호걸로 선봉장을 삼고, 김인수를 후군장에 명하는 한편, 스스로는 대원수가 되어 진영을 총괄하였다. 말을 탄 기병이 오천 명이고, 보병이 이만 명이나 되었다. 징 소리, 북 소리며 군사들의 고함 소리에 강산이 진동하고, 깃발과 창칼은 해와 달을 가리었다.

길동은 군사를 재촉하여 율도국으로 돌진해 나갔다. 하늘을 찌를 듯한 기세에 놀란 율도의 장수들은, 항전을 일찌감치 포기하고 오히려 환영하듯 문을 열어 항복하였다. 길동의 군대는 몇 달 만에 어렵지 않게 칠십여 성(城)을 정복할 수 있었다. 이러한 홍 장군의 위엄은 율도국 전역에 울려 퍼졌다.

지방의 성들을 모조리 꺾은 부대는 이윽고 수도에 다다랐다. 길동은 수도의 오십 리 밖에 진을 치고 율도왕에게 격문을 보내 항복을 권했다.

의병장 홍길동은 율도의 왕에게 글월을 전하노라. 무릇 나라는 한 사람이 오래 지키지 못하는 것이다. 이런 까닭으로 은나라의 시조 탕왕은 하나라의 걸왕을 내쫓고, 주나라의 시조 무왕은 은나라의 주왕을 쳐서 천하를 통일하니, 이는 다 백성을 위하여 어려운 시대를 평정하는 바라. 이제 의병 이십만을 거느려 칠십여 성을 항복받고 여기에 이르렀도다. 그대가 생각하기에 싸울 만하거든 싸우고, 힘이 없거든 일찍 항복하여 천명을 순순히 받들

라. 백성을 위해 바로 항복을 하겠다면, 한 지방의 벼슬을 맡겨 조정을 망하지 않게 하겠노라.

율도의 왕은 난데없이 도적이 쳐들어와 도성에까지 이르렀다는 소식에 도무지 어쩔 줄을 몰랐다. 뜻밖의 사태에 신하들 또한 아무런 대책을 내놓지 못하고 있었다. 게다가 갑자기 항복을 요구하는 글이 들어오니 온 조정의 신하들은 그저 우왕좌왕할 뿐이었다. 율도국의 장안은 온통 술렁거렸다.

여러 신하들이 율도왕에게 아뢰었다.

"이제 도적의 기세를 막기 어려울 듯합니다. 맞서 싸우는 것은 포기하고 도성을 굳게 지키면서 기병을 보내 군수품과 군량 나르는 길을 막는 것이 어떨까 합니다. 군수품과 군량이 없으면 적병은 싸우지도 못하고 물러가지도 못할 것입니다. 그리하면 몇 달 안에 적장의 머리를 베어 성문에 달 수 있을 것이옵니다."

이렇듯 나름대로 계책을 짜내고 있던 중, 수문장이 급히 들어와 아뢰었다.

"적병이 벌써 도성 십 리 밖에 진을 쳤습니다."

수문장의 말에 놀란 신하들이 엎드려 아뢰었다.

"형세가 매우 급박해졌습니다. 적의 기세로 보건대, 급히 적장에

∞ 후군장(後軍將) — 전투에는 직접 참여하지 않는 대신, 본대에 물자와 식량 등을 공급하는 일을 맡은 부대의 우두머리 장수.

∞ 격문(檄文) — 널리 알려 사람을 부추기기 위한 글. 격서(檄書).

∞ 수문장(守門將) — 대궐문이나 성문을 지키던 장수.

게 항복 문서를 전하는 것이 좋을 듯하옵니다. 백성의 재물과 군사들의 생명을 하나라도 더 지켜 주는 것이 대왕께서 마지막으로 베풀 수 있는 성은일 것입니다. 속히 결단하옵소서."

율도왕은 신하들의 말에 크게 노하였다.

"적이 성 앞에 임하였거늘 어찌 앉아서 기다리란 말인가? 나라가 망하면 내 몸이 돌아갈 데가 없고 죽어 묻힐 땅도 없느니라. 내 적으로 더불어 사생을 결단하리라."

그러고는 잘 훈련된 병사 십만을 뽑아 몸소 대장이 되어 군사를 재촉해 출병하였다. 한 곳에 다다라 호수를 막고 진을 치고서는 적병을 기다렸다.

이때에 길동은 지형을 샅샅이 염탐한 후에 장수들과 전략을 의논하였다.

"내일 정오께에 율도왕을 생포할 것이다. 각별히 군령을 엄수하라."

그러고는 세 호걸에게 각자의 임무를 맡기면서 명령하였다.

"그대들은 군사 오천 명을 거느리고 관문의 남쪽에 매복해 있다가 신호가 떨어지면 여차저차하라. 좌선봉 맹춘, 그대는 용맹한 기병 오천을 몰고 율도왕과 싸우다가 거짓 패배하는 체하면서 왕을 유인해 달아나라. 그러다가 뒤쫓던 병사들이 관문 어귀에 들어오거든 이리이리하라."

나머지 장수들에게도 각기 임무를 전달한 뒤, 흰 소의 꼬리로 만

∞ **흰 소의 꼬리로 만든 대장 깃발과 황금 도끼** — 이 깃발과 도끼는 임금이 적을 토벌하러 나가는 장수에게 대권을 위임하는 뜻으로 주던 것이다.

든 대장 깃발과 황금 도끼를 장수들에게 주었다.

이튿날 새벽, 길동은 한 부대의 군사를 거느리고 율도왕의 진을 향해 크게 외쳤다.

"무도한 율도왕은 들어라. 그대가 주색에 빠져 신하들의 충언을 듣지 않고 무죄한 백성을 살해하니 이는 왕의 도리가 아니다. 하늘이 어찌 그냥 둘 수 있겠는가? 이런 이유로 내 의병을 일으켜 여기에 이르렀으니, 빨리 나와 항복하여 백성을 구하라."

길동의 말을 들은 왕은 끓어오르는 분노를 참을 수 없었다. 말을 타고 쌍검을 들어 길동을 향해 돌진하여 일대 접전을 벌였다. 세 차례 정도 맞붙어 싸우다가 길동은 거짓으로 피하여 달아나 버렸다. 뒤이어 맹춘이 나서서 길을 막고 대장 깃발을 앞세운 뒤 율도왕을 향해 외쳤다.

"어리석은 율도왕아. 네가 감히 천명에 항거하는가? 네가 나를 대적할 재주가 있거든 빨리 나와 승패를 겨루자."

맹춘은 무서운 기세로 적을 향해 세차게 돌진하며 힘을 과시했다. 적진에서는 선봉장 한석이 맹춘의 소리에 답하며 말을 달려 나왔다.

"너희는 어떠한 도적이기에 임금의 위엄도 모르고 태평 시절을 소란케 하느냐? 오늘 너희를 사로잡아 민심을 안정시키리라."

한석 역시 무서운 기세로 맹춘을 향해 달려들어 맞붙어 싸웠다. 그러나 몇 번 겨뤄 보지도 못한 채 맹춘의 칼이 번쩍 빛을 일으키더니 한석의 머리가 땅에 떨어졌다. 맹춘이 소리쳤다.

"율도왕은 죄 없는 장수와 병졸들을 상하게 하지 말고 얼른 나와 항복하라. 그리하여 남은 목숨을 보전하도록 하라!"

선봉장이 죽자 율도왕의 분노는 극에 달했다. 구름무늬 갑옷을 입고, 구리로 만든 투구를 쓰고, 왼손에 방천극이라는 창을 들고는 천리마를 재촉하여 맹춘에게 달려들었다.

"이 도적놈아, 잔말 말고 내 창을 받아라!"

여남은 번의 접전 끝에 맹춘이 패하는 체하며 말머리를 돌려 관문이 있는 쪽으로 달아났다.

"적장은 달아나지 말고 말에서 내려 항복하라."

율도왕은 말을 재촉하여 맹춘을 따라가며 외쳤다. 맹춘은 무기도 버리고 골짜기로 달아나 버렸다. 무슨 계략이 있는 것이 아닌가 잠시 의심을 하였지만, '네까짓 놈이 계교를 부린들 내 어찌 겁을 내리오.' 하며 군사를 몰아 더욱 빠르게 추격했다.

이때 높은 곳에서 상황을 살피던 길동의 눈에 율도왕이 관문으로 들어서는 것이 보였다. 길동은 즉시 병사 오천을 불러내어 대군과 합세시켰다. 그들을 시켜 팔진을 펼치고 적군이 돌아갈 길을 막았다.

율도왕이 적장을 쫓아 골짜기에 들어섰는데, 갑자기 포를 쏘는 소리가 나며 사방에 있던 복병이 합세하였다. 그 세력은 마치 거센 비바람과도 같았다. 상황이 이렇게 되자 비로소 율도왕은 계략에 빠져든 것을 깨달았다. 더 이상 싸울 힘도 없는지라 군사를 돌려 후퇴할 수밖에 없었다. 말을 돌려 도망하여 가다가 진영 어귀에 다다랐다. 그러나 그곳에는 길동의 병사들이 이미 길을 막아 진을 치고 있었다. 항복하라는 소리에 천지가 진동하였다.

율도왕이 죽을 힘을 다하여 진영의 문을 헤치고 들어갔다. 그런데

∞ 방천극(方天戟) — 중국의 창 종류의 하나.

갑자기 비바람이 세차게 몰아치고 뇌성벽력이 진동하여 한 치 앞도 보이지 않게 되었다. 모든 군사들이 우왕좌왕하며 갈 곳을 몰라 헤매고 있었다.

길동은 병사들을 불러내어 적장과 군졸을 일시에 결박하였다. 율도왕이 어쩔 줄 모르고 발버둥쳤지만 저 유명한 팔진을 벗어날 길은 없었다. 혼자 몸으로 말 한 필을 타고 창 한 자루를 든 채 이리 뛰고 저리 뛰고 하는 모양이 애처롭기까지 했다.

길동이 여러 장수에게 호령하였다.

"율도왕을 생포하라."

길동의 명령 소리가 추상같이 울려 왔다. 율도왕이 두려움에 떨며 사방을 살폈지만, 주변에는 군사 하나도 따르는 자가 없었다.

"내 남을 가볍게 여겨 이런 화를 만났으니, 누구를 한하리오."

더 이상 어쩔 수 없음을 깨달은 율도왕은 울분을 이기지 못하고 선 자리에서 스스로 목숨을 끊었다.

전쟁에서 완전히 승리한 길동은 군사들을 거느리고 승전고를 울리며 도성으로 들어섰다. 음식을 베풀어 군사를 위로한 후에 지극한 예를 갖추어 율도왕의 장례를 지내 주었다.

도성에 남아 있던 율도왕의 장남은 이 소식을 듣고 하늘을 우러러 탄식하다가 이어 자결하였다. 율도국의 모든 신하들도 어쩔 수 없이 항복하였다. 율도왕의 아들 또한 왕과 같은 예우로 장례를 지내 주었다.

∞ 승전고(勝戰鼓) — 싸움에 이겼을 때 치던 북.

길동은 백성들을 위로하여 민심을 안정시키고 옥을 열어 죄인을 풀어 주었다. 또한 창고를 열어 백성을 구휼하니, 길동을 칭송하는 말이 전국 방방곡곡으로 울려 퍼졌다.

영웅 이야기는 다 거기서 거기?

영웅의 삶

신화나 소설, 영화 속 영웅들의 삶에는 비슷한 구석이 많습니다. 특이한 출생 과정, 남다른 능력, 성장 과정에서 위기를 겪지만, 결국에는 시련을 극복하고 행복한 결말을 맞습니다. 하지만 좀 더 깊이 들어가면 다른 점도 많습니다. 같으면서도 다른 영웅의 삶을 살펴봤습니다.

영웅의 일생을 다룬 이야기는 동서고금을 막론하고 전해 내려옵니다. 서양의 「그리스 로마 신화」나 「일리아드」, 「오디세이」, 우리나라의 「주몽 신화」나 「아기 장수 우투리」, 「유충렬전」 등 영웅 이야기는 오래 전부터 좋은 이야깃거리로 많은 사람들의 사랑을 받았다는 것을 알 수 있습니다.

그런데 이러한 영웅 이야기는 일정한 구조를 가집니다. 첫째, 영웅 신화의 주인공은 고귀한 혈통을 지닌 인물로, 비정상적인 과정으로 임신이 되거나 태어납니다. 둘째, 영웅 신화의 주인공은 일반인과 다른 탁월한 능력을 가지고 있습니다. 셋째, 주인공은 어려서 죽을 고비를 겪게 되는데, 그럴 때면 누군가의 도움으로 죽을 고비에서 벗어납니다. 넷째, 어른이 된 후에도 위기에 부딪히게 되는데, 이때는 주인공의 투쟁으로 위기를 극복하고 승리자가 됩니다. 이러한 영웅 신화의 구조를 갖고 있는 대표적인 작품으로 「주몽 신화」가 있습니다.

일반 영웅 소설에서도 상황은 비슷합니다. 「홍길동전」의 경우 주인공은 특이한 출생, 남다른 능력, 시련을 극복하는 과정, 마지막에 시련을 극복하고, 부귀영화를 누리다 죽음을 맞는 것까지 영웅 이야기의 구조를 그대로 닮았습니다.

영웅 신화의 대표적인 작품 「주몽 신화」와 「홍길동전」의 이야기 구조를 비교해 보겠습니다.

●●「홍길동전」과 「주몽 신화」의 공통점

1 출생

주몽 | 주몽의 아버지는 천제의 아들인 해모수이고 어머니는 강의 신 하백의 딸 유화이다. 유화가 커다란 알을 낳았는데, 이 알에서 주몽이 태어났다는 전설이 전한다.

홍길동 | 아버지 홍 판서가 용꿈을 꾸고 난 아이이다. 길동 역시 적자가 아닌 노비인 춘섬에게서 난 서자라는 점에서 출생의 특이함이 있다.

2 능력

기골이 남달랐고, 어린 나이에도 보통 사람과 다르게 뛰어났으며, 활쏘기에 능했다. | 주몽

어려서부터 영특하여 사서오경과 병서를 읽어 모든 이치에 통달하였다. 또한 귀신도 헤아리지 못할 술법을 지니고 있었다. | 홍길동

3 위기

주몽 | 금와왕의 아들들이 핍박하다 죽이려 했을 때 어머니의 지혜로 좋은 말을 얻어 위기에서 벗어났다.

홍길동 | 자객에게 죽임을 당할 뻔했으나 도술을 써서 위기를 극복했다.

4 결말

여러 위기를 넘긴 뒤 졸본 땅에 도착하여 고구려를 세웠다. | 주몽

활빈당의 두목이 되었고, 병조 판서도 지냈다. 나중에 율도국으로 건너가 새 나라를 세우고 왕이 되었다. | 홍길동

●●「홍길동전」과 「주몽 신화」의 차이점

길동이 신이한 태몽을 꾸고 태어난 것은 신화적 영웅의 속성을 지니지만, 서얼을 차별하던 조선의 신분제적 사회 구조에서 볼 때 노비인 춘섬에게 태어난 것은 비극적 영웅의 성격을 띠고 있다. 또한, 주몽이 새로운 나라를 건설하기 위해 기존의 질서를 거부한 데 비해 길동은 아버지라는 봉건적 질서의 테두리를 벗어나지 못한다. 타고난 능력에도 신분제적 사회 구조를 개혁하지 못했고, 유교적 윤리에 따라 왕 앞에서 약한 모습을 보여 준 것은 비극적 영웅의 한계를 보여 주는 점이다. 그리고 주몽의 고구려는 실제로 존재하는 공간이지만 홍길동의 율도국은 상상의 공간이라는 점도 다르다. 「홍길동전」은 신화적 영웅 소설의 구조로 되어 있으면서도 비극적으로 끝이 나는 민중적 영웅 설화의 구조도 가지고 있다.

열둘

태평성대를 이루다

길동은 날을 가려 율도국의 왕위에 올랐다. 돌아가신 아버지 홍 승상을 추존하여 태조대왕이라 하고, 그 능을 현덕능이라 하였다. 모친은 대왕대비로 모셨으며, 아내 백씨를 중전으로, 장인 백룡을 부원군으로, 두 첩을 정숙비로 봉했다. 또 세 호걸을 대사마 대장군으로 임명해 군사를 통솔하게 하고, 김인수는 청주절도사, 맹춘은 부원수로 임명하였다. 그 나머지 모든 장수들

∞ 추존(推尊) — 왕위에 오르지 못하고 죽은 이에게 왕의 칭호를 올림.
∞ 대사마(大司馬) — 군사를 총괄하여 군주를 보필하는 신하.

에게는 차례로 상을 내리니 한 사람도 원통하다고 말하는 이가 없었다.

새 왕이 왕위에 오른 후에 시절은 태평하고 풍년이 들며, 백성은 편안하여 사방에 일이 없었다. 또한 교화가 크게 행해져서 백성들이 길에 물건이 떨어져도 주워 가지지 않을 정도였다.

세월은 태평으로 흘렀다. 오랜 세월이 지난 어느 날, 왕의 어머니인 대왕대비가 돌아가셨다. 왕이 못내 슬퍼하며 예의를 다해 장사를 치르고, 태조대왕을 모신 현덕능에 함께 안장하였다. 왕의 지극한 효성에 신하와 백성들은 모두 감동하여 함께 눈물을 흘렸다.

왕에게는 아들 셋과 딸 둘이 있었는데, 그중에 큰아들 항이 아버지의 풍모와 태도를 닮아 신하와 백성들이 모두 존경하였다. 왕은 그를 태자로 봉하였다.

어느 날, 율도왕 홍길동은 왕좌에서 물러나기로 마음을 먹었다. 왕위를 태자에게 물려주며 모든 고을에 대사면령을 내렸다. 그러고는 태평성대를 기원하는 큰 잔치를 베풀어 온 백성이 함께 즐겼다. 이때 왕의 나이는 일흔 둘이었다.

왕은 술을 마시고 반쯤 취한 후에 칼을 쥐고 한바탕 춤을 추며 노래하였다.

칼을 잡고 오른쪽에 비껴 서니
남쪽의 큰 바다가 몇만 리뇨
대붕이 훨훨 나니
회오리바람이 일어나도다

춤추는 소매 바람을 따라 휘날리니
해 뜨느니 동쪽이요 해 지느니 서쪽이로다
어지러운 세상을 평정하고 태평세월 이루니
상서로운 구름이 일어나고 상서로운 별이 비치도다
용맹한 장수들이 사방을 지키고 있으니
도적이 국경을 엿볼 수 없도다

도성 삼십 리 밖에는 월영산이라는 산이 하나 있었다. 이곳에는 옛부터 신선이 도를 닦던 자취가 뚜렷이 남아 있었다. 중국의 갈홍이라는 사람이 연단술을 닦던 부엌이 있고, 중국의 마고 선녀가 승천하던 바위가 있었다. 그곳에는 기이한 화초가 항상 피어 있고, 구름은 언제나 한가로이 머물러 있었다.

이러한 월영산의 산수를 무척이나 사랑하던 왕은, 태자에게 왕위를 물려준 뒤 중전과 함께 이곳으로 들어갔다. 신선 적송자를 따라 놀고자 하여, 산중에 삼간 누각을 짓고 중전과 더불어 여생을 보냈다. 곡식은 일체 가까이 하지 않은 채, 천지의 정기를 마시며 선도를 배웠다. 왕위에 오른 태자는 한 달에 세 번씩 산을 올라와 대왕과 모비 앞에 문안을 드렸다.

어느 날이었다. 뇌성벽력이 천지를 진동하고 오색 구름이 월영산을 휘감았다. 이윽고 우레 소리가 걷히더니 하늘이 맑게 개이며 선학 소리가 잔잔하게 울려 퍼졌다. 이후 대왕과 모비는 자취도 남기지 않은 채 사라져 버렸다. 소식을 들은 왕이 급히 월영산에 올라갔지만 종적을 찾을 수 없었다. 왕은 애타는 마음으로 하늘을 향해 부모님을 무수히 부르며 목놓아 울 뿐이었다.

시신을 찾을 수 없기에 위패만으로 장사를 치르고 대왕과 모비를 현덕능에 모시었다. 백성들 사이에서 "우리 대왕은 선도를 닦아 백일승천하셨다."는 이야기가 떠돌았다.

이후로는 새 왕이 백성을 더욱 사랑하여 덕으로 정치를 베푸니, 온 나라가 태평하여 격양가 소리가 곳곳에서 들려왔다.

한편 조선에 있는 대부인도 말년에 돌아가시었다. 장남 길현이 예절을 극진히 하여 선산의 남은 기슭에 안장하고 삼년상을 치렀다. 이후 길현이 조정에 들어가서 집권을 하매 벼슬은 계속 높아져 갔다. 한림학사 대간을 거쳐 계속 승진하여 병조정랑에서 홍문관 교리와 수찬을 겸하였다. 이렇듯 복을 받아 삼정승과 육판서를 지내니 그 영화로움은 나라에 비길 자가 없었다. 그러나 길현은 생을 마치는 날까지, 돌아가신 양친 생각과 동생에 대한 그리움으로 인해 한시도 슬픔을 거두지 못하고 살아야 했다.

∞ **대붕(大鵬)** — 하루에 구만 리를 난다는 상상 속의 큰 새.

∞ **갈홍(葛洪)** — 중국 진(晉)나라 때의 학자 · 도사 · 연단가(煉丹家).

∞ **연단술(煉丹術)** — 불로장생(不老長生)을 위해 금단을 조제하여 복용하는 고대 중국의 도술.

∞ **마고 선녀** — 중국 고대의 전설상의 인물. 중국의 성모(聖母)로 추앙받는 서왕모의 심부름을 했다고 한다.

∞ **적송자(赤松子)** — 중국 고대의 전설상의 신선으로, 바람을 타고 곤륜산에 내려와 놀았다는 이야기가 전해진다.

∞ **선도(仙道)** — 신선이 되는 도술. 곡식을 먹지 않고 천지의 정기를 받아들이는 것이 선도의 가장 기본적인 원리이다.

∞ **위패(位牌)** — 신주(神主)의 이름을 적은 나무패.

∞ **백일승천(白日昇天)** — 정성스럽게 도를 닦아 육신을 가진 채 신선이 되어 대낮에 하늘로 올라감.

∞ **격양가(擊壤歌)** — 중국 요순시대에 백성들이 태평한 세월을 즐거워하며 부른 노래.

아름답구나, 길동이 행한 일이여! 제 뜻을 다 이룬 장부로다.

비록 천한 어미 몸에서 태어났으나,

가슴속에 쌓인 원한을 풀어 버리고,

효도와 우애를 온전히 갖추어 한 몸의 운수를

흔쾌히 이루어 내었도다.

이는 만고에 드문 일이기에 이야기를 남겨

후세 사람들에게 알리고자 하는 바이다.

당대 최고의 지성

허균은 남다른 재능으로 일찍이 과거에 장원급제하였고, 높은 벼슬에까지 이른 당대 최고의 지성이었습니다. 하지만 도전적이고 혁신적인 기질과 사회에 대한 비판 의식 때문에 허균의 정치 인생은 기복이 매우 심했습니다. 그는 26세에 문과 급제 이후로 여러 차례 파직당하고 복직하기 일쑤였다가, 결국 1618년 50세의 나이로 권력 다툼의 희생양이 되어 역모죄를 뒤집어쓰고 형장의 이슬로 사라지고 맙니다. 그가 남긴 최초의 한글소설 「홍길동전」은 한국 근대 소설의 선구적인 작품으로 평가받고 있고, 시, 희곡, 소설, 비평 등도 많은 이들에게 귀감이 되는 훌륭한 작품들입니다. 특히 시 비평집 「성수시화(惺叟詩話)」는 오늘날까지도 높게 평가받는 귀중한 역사적 자료입니다.

성수시화 허균의 시 비평집.

평생을 방외인으로 살다!

인물 탐구 허균

「홍길동전」의 작가 허균(許筠, 1569~1618)은 양반 신분으로 태어나 출세를 보장받으며 유복한 어린 시절을 보냈습니다. 그러나 자신의 신분에 안주하지 않고, 언제나 소외받는 사람들에게 관심을 가지고 그들의 삶에 대해 고민했습니다. 허균의 일대기를 살펴보며 그의 삶을 통해 우리가 이해하고 본 받아야 할 점은 무엇인지 함께 생각해 봅시다.

봉건 질서를 넘어서려 했던 방외인

허균에게 영향을 끼쳤던 인물로는 스승 이달(李達)이 있습니다. 이달은 허난설헌(본명 허초희)과 허균 남매의 재능을 끌어올리는 데 한몫을 한 사람으로, 뛰어난 재능을 지녔지만 서얼(庶孼) 출신이었기 때문에 벼슬에 오를 수도, 나라에 기여할 수도 없었습니다. 스승의 서러움과 시대적 한계를 보고 자란 허균에게는 조선 사회에 가득한 모순을 못마땅하게 여기고 당당히 그 잘못을 지적하는 용기가 있었습니다. 이런 그에게 방외인(方外人)적 기질이 나타난 것은 당연한 일인지도 모릅니다. 방외인이란 안정된 체제 안에서 주어진 위치를 받아들이지 않고, 그 질서를 의도적으로 넘어서려 하거나 반발하는 사람을 일컫는 말입니다.

천하에 두려워할 대상은 바로 '백성'

허균은 「유재론(遺才論)」에서 "인재는 하늘이 내는 것인데 하늘의 뜻을 저버리고 적서 차별에 의해 인재들의 등용을 제한하니 어찌 나라의 복을 기원하겠는가?"라고 주장합니다. 신분을 떠나 인재를 등용하고자 했던 이 주장이 당시의 신분 사회에 얼마나 파격적이고 혁신적이었는지 상상할 수 있을 것입니다. 또한 허균은 「호민론(豪民論)」에서 천하에 두려워할 대상은 바로 '백성'이라 규정하고 있습니다. 피지배층이었던 백성들을 두려운 존재로 상정하고, 백성들의 눈으로 정치관을 수립하려 했다는 점이 그의 평등사상을 다시금 높이 평가하게 합니다.

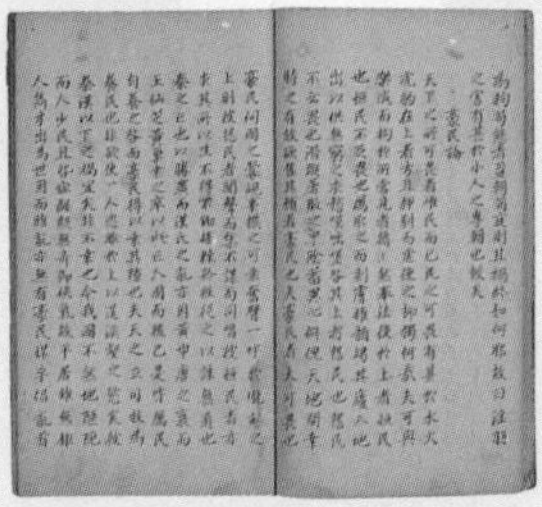

호민론 허균은 백성을 항민(恒民), 원민(怨民), 호민(豪民)으로 나누고, 이 가운데 호민을 사회 개혁의 주체로 여겼다.

"인재는 하늘이 내는 것인데
하늘의 뜻을 저버리고 적서 차별에 의해
인재들의 등용을 제한하니
어찌 나라의 복을 기원하겠는가?" 허균의 「유재론」 중에서

오문장비 강원도 강릉시 초당동에는 허균과 허난설헌의 생가 터를 중심으로 시비공원이 조성되어 있다. 생가 주변에는 아버지 허엽과 자녀들 허성, 허봉, 허초희, 허균 다섯 명의 대표 시를 새겨 놓은 오문장비와 허난설헌의 동상 등을 세워 놓아 학문으로 이름을 떨쳤던 허씨 가문을 기리고 있다.

평등 세상을 꿈꾼 선각자, 허균

유교를 숭상하는 사회에서 불교를 공부하고, 계급 사회에서 평등사상을 인정했던 선각자, 허균. 그는 사회 주변부를 겉돌기만 하는 방외인이 아니라, 지식인으로서 불합리한 제도 개선을 꿈꾸었던 인물입니다. 나아가 더 나은 사회를 만들고자 노력했기에 그의 삶은 우리에게 의미하는 바가 큽니다. 당대 사회 안에서 소외된 이들을 이해하고, 그들의 입장에서 발언할 줄 알았던 전환적 사고방식 역시 우리가 배워야 할 점입니다. 주어진 삶에 만족하지 않고 언제나 타인의 입장에서 그들의 삶을 포용하려 했던 그의 노력을 통해, 허균이 꿈꾸었던 새로운 세상을 엿볼 수 있습니다. 진정한 율도국은 그 꿈에서 찾을 수 있지 않을까요?

『홍길동전』 깊이 읽기

조선의 베스트셀러 홍길동전

조선 시대의 인기 소설 『홍길동전』

오늘날에는 책 판매량이 정확하게 전산으로 집계되고 있어서 무엇이 베스트셀러인지를 아는 것은 아주 쉬운 일입니다. 그러면 그런 시스템이 없던 조선 시대에 어떤 책이 베스트셀러였는지를 어떻게 알 수 있을까요? 방법은 간단합니다. 이본의 편 수를 확인해 보면 됩니다. 이본은 이야기나 노래가 다른 사람들에게 전파되고 전승되는 과정에서 새롭게 생성된 것입니다. 어떤 사람들은 자신이 읽거나 들은 대로 꼼꼼히 옮겨 적기도 하고, 또 어떤 사람들은 자신의 취향과 구미에 맞게 약간의 변형을 가해 리메이크를 하기도 합니다. 이렇게 해서 새로운 이본이 만들어지게 되는 것이지요. 요즈음 인기를 얻은 영화가 드라마로도 만들어지고, CF나 코미디로 패러디되는 것과 마찬가지입니다. 따라서 이본이 많다는 것은, 그만큼 그 이야기나 노래가 많은 사람들에게 관심의 대상이 되었고 인기가 많았다는 증거이지요.

이본의 편 수를 기준으로 보면, 100편이 훨씬 넘는 『춘향전』이 단연 1위입니다. 『홍길동전』은 『춘향전』에 비하면 이본의 수가 많지 않지만, 전체 29종이나 되는 것으로 보아 상당히 폭넓은 독자층을 지니고 있었던 작품으로 추정됩니다. 이 책에 담은 『홍길동전』은 완판 36장본을 중심으로 내용을 구성하였는데, 이것이 여러 이본 중 현실에 대한 비판적 시각을 가장 잘 드러내고 있다고 생각하였기 때문입니다. 여기에 경판 24장본을 비롯한 다른 이본의 내용을 조금씩 가져와 이야기를 최대한 짜임새 있게 만들어 보고자 했습니다.

이러한 이본들은 한 시기에 동시에 만들어진 것이 아니라 20세기에 들어올 때까지 몇백 년에 걸쳐 순차적으로 만들어졌습니다. 그런 면에서 『홍길동전』은 꾸준히 인기를 유지했던 스테디셀러이기도 한 셈이지요. 문자를 기준으로 보면, 한글로 기록된 것과 한문으로 된 것이 있고, 제작 방법을 기준으로 보면, 직접 붓으로 적은 것과 목판으로 찍은 것, 그리고 활자로 찍은 것이 있습니다. 또 현재 국내에 소장된 것이 있는가 하면 일본이나 프랑스에 파견(?)된 것도 있습니다. 이들 이본들은 세부적인 사건이나 표현에서 약간의 차이를 지닌 채 나름대로의 문학적 향기를 발하고 있습니다.

그런데 유감스럽게도 원본은 전해지지 않고 있습니다. 그 많고 많은 이본 중에 원본이 없다는 것을 어떻게 알았을까요? 여러 가지 증거가 있지만, 그중 가장 뚜렷한 것은 작품 속에 나오는 '장길산'이라는 인물에 대한 언급에서 찾을 수 있습니다.

이 몸이 당당하게 조선국 병조판서 대장인을 차고 상장군이 되지 못할 바에야, 차라리 산중에 들어가 세상 영욕을 모르는 채 지내고자 합니다. 옛날 장충의 아들 길산은 소자보다 더한 천생이었습니다. 하지만 열세 살에 그 어미와 이별하고 운봉산에 들어가 도를 닦아, 아름다운 이름을 후세에 전하였습니다. 소자도 그를 본받아 세상을 벗어나려 하옵니다. 감히 바라옵건대, 어머니께서는 소자의 사정을 살피어 아주 버린 듯이 잊고 계십시오. 훗날 소자가 돌아와 은혜를 갚을 날이 있을 것입니다.

널리 알려진 대로 장길산은 17세기 말에 실존했던 역사상의 인물입니다. 그런데 『홍길동전』을 지은 허균은 1618년에 처형되었습니다. 허균이 죽은 뒤에 나타난 인물이 허균이 지은 소설에 등장할 리는 없지요. 따라서 오늘날 전해지고 있는 작품들은 허균이 지은 원작이라 할 수 없습니다. 그렇기는 해도 개작에 의해 이루어진 변형이 작품의 기본적 성격까지 손상시키지는 않았으리라 보는 것이 좋겠지요. 물론 이러한 추정도 만일 『홍길동전』의 작자가 허균이 아니라면 허사가 될 가능성이 있습니다.

『홍길동전』의 인기 비결 다섯 가지

오늘날 흥행에 성공한 텔레비전 드라마나 영화처럼, 자고로 서사 문학이 인기를 끌기 위해서는 기본적으로 남녀의 사랑 이야기가 등장해야 합니다. 『춘향전』이나 『구운몽』이 바로 그런 작품이지요. 『춘향전』에는 신분의 질곡을 뛰어넘는 애절한 사랑이, 『구운몽』에는 여덟 명의 여자를 차례대로 처첩으로 맞아들이는 주인공의 애정 편력(?)이 뭇사람들의 눈길을 끌고 있습니다.

그런데 『홍길동전』에는 사랑이라 할 만한 사건이 전혀 없습니다. 있다면 오직 괴물들로부터 구출한 처녀를 아내로 받아들이는 사건이 있을 뿐입니다. 그것도 아주 밋밋하고 단순하게 묘사되고 말지요. 이처럼 흥행작의 요소를 갖지 못한 이 소설은 어떻게 베스트셀러이자 스테디셀러가 되었을까요? 우리는 여기에서 『홍길동전』에 사랑 이야기를 능가하는 어떤 흥밋거리가 있었을 것이라 추측해 볼 수 있겠지요. 이제 그 재미와 인기의 몇 가지 비결을 알아보도록 합시다.

하나, 장대한 스케일 — 『홍길동전』은 분량으로만 따지면 단편 소설입니다. 단편 소설은 분량이 짧은 대신 하나의 사건을 집중적으로 보여 줌으로써 긴장감을 유지할 수 있는 이점이 있습니다. 사건이 주로 하나이기 때문에 공간도 그리 다양하지는 않습니다. 그런데 『홍길동전』은 적은 분량인데도 상당히 다양하고 넓은 공간을 배경으로 삼고 있습니다. 처음에는 가정을 배경으로 삼고 있다가, 나중에는 조선이라는 국가 전체가 무대가 되고, 마지막에 가서는 해외로까지 넓어지게 됩니다. 이 정도 스케일이라면 거의 장편 소설이라 해도 무방할 테지요. 물론 이러한 공간적 배경의 확장은 홍길동이라는 인물이 태어나서 성장하고 사회적으로 활약을 펼치다가 한 나라의 왕으로서 죽음을 맞이하게 되는 전 생애를 포괄하려 한 의욕의 결과일 것입니다.

둘, 영웅적 인물 형상 — 앞에서 말한 대로 『홍길동전』의 공간적 배경이 가정에서 사회로, 다시 해외로 넓어져 가는 것은 스케일이 장대하다는 것을 말해 줍니다. 그러나 단지 스케일이 크다고 해서 곧바로 인기를 얻게 되는 것은 아닐 것입니다. 장대한 스케일에 어울리는 인물의 활약상이 없었다면 남들의 관심거리가 되기 어려웠겠지요. 아무리 넓은 땅이라고 해도 나무도 한 그루 없으면 그것은 기껏해야 사막에 불과한 법이니까요.

홍길동은 전형적인 영웅의 모습을 닮아 있습니다. 건국 신화에 등장하는 인물들이 겪게 되는 인생 유전을 모두 경험하고 있는 것입니다. 영웅은 특별한 혈통을 지니고 태어납니다. 그리고 여러 가지 시련을 겪으면서 사회적인 신망과 명성을 얻고, 최종적으로는 행복과 영광을 얻으면서 생애를 마무리하지요. 이러한 영웅의 일생 중에서도 가장 매력적인 부분은 역시 영웅이 시련을 이겨 내는 과정, 그리고 그 과정에서 보여 주는 여러 가지 비범한 능력들일 것입니다.

『홍길동전』의 매력 역시 이러한 점에서 찾아볼 수 있습니다. 서자라는 신분으로 인해 자신의 뜻을 펼치지 못할 뿐 아니라 억울한 죽음을 당할 위기에까지 처했던 홍길동, 하지만 그는 자신을 죽이려 달려드는 자객을 신비한 능력으로 물리쳐 버립니다. 이후 활빈당의 당수가 된 길동이 보여 주는 능력들 역시 신기(神技)에 가까운 것이었지요.

때로는 신비한 도술로, 때로는 치밀한 책략으로 뜻한 바를 이루어 내는 길동의 활약상. 바로 이러한 길동의 영웅적 모습은 소설을 읽는 독자들에게 신비하고 낯선 체험을 안겨 주었을 것입니다.

셋, 이상적 사회상 제시 — 인간은 항상 꿈꾸는 존재입니다. 꿈을 꾼다는 것은 어떤 이상이나 목적을 끊임없이 추구한다는 뜻이지요. 대부분의 문학에는 인간의 꿈이 반영되어 있습니다. 그 꿈이 개인 차원이든 집단 차원이든 문학에는 '이렇게 살고 싶다'는 소망이 반영되어 있는 법입니다.

『홍길동전』에는 바로 이러한 당대 서민들의 집단적 소망이 짙게 깔려 있습니다. 부당한 권력에 의해 생계를 위협받는 세상, 개인의 능력과는 무관하게 출신 성분에 의해 운명이 결정되는 세상에서 살고 싶은 사람은 없을 것입니다. 자신의 소양을 갈고 닦아 자아를 실현할 수 있는 세상, 최소한 일한 만큼은 넉넉하게 먹고 입을 수 있는 세상을 바라는 것은 인지상정입니다. 『홍길동전』에서는 이러한 소망들이 현실로 이루어지고 있습니다. 『홍길동전』이 비록 하나의 허구에 지나지 않을지언정, 독자들은 그것을 접하는 동안만은 소망을 성취할 수 있었을 테지요.

조선 사회가 지닌 구조적 모순을 해결하기 위해 고군분투하는 홍길동에게 박수를 보내지 않을 수 없었을 것이고, 또 율도국에서 새로운 제도를 수립하고 넉넉한 살림살이를 위하여 여러 가지 생산 활동을 장려하는 홍길동을 응원하지 않을 수 없었을 것입니다. 가정에서 국가로, 다시 해외로 무대가 넓어짐에 따라 세력이 커지고 신분이 상승되는 홍길동은 대리 만족의 대상으로서 충분한 자격을 갖추었던 셈입니다. 『홍길동전』의 흥행 성공에는 이런 소망과 성원이 뒷받침되고 있었을 것입니다.

넷, 현실 사회의 모순 비판 — 앞에서 말한 대로 『홍길동전』은 이상적 사회상을 제시하고 있습니다. 그리고 이것은 민중들의 소망이 담긴 사회라고 했습니다. 그렇다면 이러한 소망은 어디에서 싹틀까요? 그것은 당연히 현실입니다. 배고픈 현실은 배부른 상태를 염원하게 하고, 추운 현실은 따뜻한 방을 그리워하게 만드는 법이지요. 『홍길동전』에는 배고프고 추운 현실에 대한 비판이 매우 솔직하게 나타나 있습니다.

현실에 대한 관찰과 그 모순에 대한 비판이 생략된 채 그려지는 이상 사회는 설득력을 갖지 못합니다. 지금 내가, 우리가 겪고 있는 고통이 무엇인지 제시된 후에야 비로소 고통 없는 세상, 이상적인 사회상에 대한 이야기가 설득적으로 다가올 수 있는 것이지요.

『홍길동전』에서는 홍길동이라는 영웅이 탄생하게 되는 배경, 그리고 영웅으로 성장하게 되는 계기가 모두 현실 사회의 모순에 뿌리를 대고 있습니다. 그래서 『홍길동전』은 영웅 소설이면서 동시에 사회 소설이기도 합니다. 현실에 철저하게 밀착하려는 작가 의식이야말로 당대의 민중들은 물론이고, 오늘날의 우리들까지도 『홍길동전』에 깊은 매력을 가지게 되는 이유인 것입니다.

왕에게 하직 인사를 하면서 홍길동은 다음과 같이 말합니다.

> 신은 본디부터 전하를 받들어 만세를 모시고자 했습니다. 그러나 제가 천한 종의 몸에서 태어났기 때문에 문(文)으로는 홍문관이나 예문관 벼슬길이 막혀 있고, 무(武)로는 선전관 벼슬길이 막혀 있습니다. 이런 까닭으로 사방을 멋대로 떠돌아다니면서 관청에 폐를 끼치고 조정에 죄를 지었던 것이옵니다.

아마도 이것이 작가가 『홍길동전』을 통해 말하고자 했던 주제 의식의 요체가 아닐까 합니다. 여기에서 우리는 허구의 문학인 소설이 얼마나 현실을 현실적으로 보여 줄 수 있는가를 확인하기도 합니다. 이렇게 보면 결국

『홍길동전』은 여러 가지 사회 모순 중에서도 적서 차별의 불합리를 중심에 두고, 인재 등용 실패, 부패한 관리에 의한 민중들의 고통 등을 부각시킨 사회 소설이라 할 수 있겠지요.

『홍길동전』을 비롯한 많은 문학 작품들은, 오랫동안 우리로 하여금 사회의 현실과 모순에 관심을 기울이게 만들었고, 앞으로도 계속 그런 역할을 해 나갈 것입니다.

다섯, 한글 표기 — 오늘날 아무리 재미있는 할리우드 영화가 수입되었다 하더라도 만일 우리말로 번역하여 자막을 표기하지 않는다면 100% 흥행에는 실패하게 될 것입니다. 아무리 영어 열풍이 강하다 해도 번역의 도움 없이 그들의 언어를 받아들이기는 쉽지 않을 것이기 때문입니다.

이와 같은 맥락에서 우리는 '한글'이라는 문자가 『홍길동전』의 인기에 기여한 공로를 결코 무시할 수 없겠습니다. 논란이 없지는 않지만, 『홍길동전』은 최초의 한글 소설이라는 영예도 안고 있거니와, 한글로 소설이 쓰였다는 것은 그만큼 폭넓은 독자층을 확보할 수 있는 매우 유리한 조건을 갖추고 있었던 셈입니다. 한문이 당대의 지배적인 문자로서 양반 사대부들의 전유물이었다면, 한글은 일반 서민과 여성들이나 쓰던 비공식적인 문자였거든요. 더욱이 양반 사대부들은 허구적인 상상에 의해 구성된 소설을 허무맹랑하다 하여 배척하는 태도를 보이기도 했습니다. 이런 이유로 『홍길동전』은 양반 사대부들한테는 경멸의 대상이었겠지만, 서민들과 여성들에게는 그들의 문화 욕구를 충족시켜 줄 수 있는 고마운 책이었을 것입니다.

한글을 선택한 것은 결과적으로 한국 문학의 발달에도 커다란 기여를 하게 되었습니다. 한글로 된 작품들이 대중의 인기를 얻게 되자, 이후에 나온 소설들이 대부분 한글을 문자로 선택하게 되고, 이렇듯 새로 창작되는 소설이 늘어나면서 우리 문학사도 더욱 풍성해져 갔으니까요.

『홍길동전』 삐딱하게 읽기

그런데 『홍길동전』이 조선의 베스트셀러이자 스테디셀러라는 사실은 명백하지만, 오늘날 우리의 입장에서 보면 쉽게 이해하기 어려운 점이 남아 있는 것도 사실입니다. 이는 문학을 바라보는 우리의 관점이 서구의 관습에 익숙해져 있기 때문일 수도 있고, 세상의 이치와 삶의 질서를 바라보는 눈이 옛날과는 많이 달라졌기 때문일 수도 있습니다.

『홍길동전』은 당대 사회의 모순과 부조리에 온몸으로 저항하며 살아가는 홍길동의 삶을 보여 줌으로써 사회 변화와 개혁을 이야기하고 있는 소설입니다. 그러나 소설에서 보여 주는 비판 의식과 저항 정신이 다분히 제한적이고 부분적이라는 점에서 우리는 『홍길동전』이 안고 있는 한계를 엿볼 수 있습니다. 봉건 사회의 특정한 모순을 비판하면서 한편으로는 다른 모순들을 그대로 유지하거나 무시한다는 점, 또 봉건 체제와 질서, 당대의 지배적인 이념을 상당히 존중한다는 점, 이것이 『홍길동전』에 대한 의문의 초점입니다.

먼저 길동의 친모인 춘섬의 존재에 대해 생각해 봅시다. 춘섬은 거의 반강제적으로 홍 대감에 의해 잠자리를 같이 하게 되지요. 여성이라는 성적 조건과 노비라는 신분적 조건 때문에, 주인의 요구를 감히 거절할 수 없었던 것입니다. 오늘날의 관점에서 보면, 춘섬에게는 인권이 없었던 셈입니다. 『홍길동전』을 두고 부당한 신분 질서에 대한 비판을 주제로 삼고 있다고 말한다면, 그것은 부분적으로만 진실인 것이지요. 다시 말해 『홍길동전』은 적자와 서자를 구별해서 차별하는 신분 제도의 부당성만 강조하고 있을 뿐, 그 외의 신분 제도에 대해서는 눈을 감고 있다고 할 수 있습니다.

나아가 우리가 더욱 주목해야 하는 것은, 이 소설이 당대의 사회 체제와 질서, 그리고 지배적인 이념들을 고스란히 존중하고 있다는 점입니다. 이 중에서도 가장 뚜렷하게 드러나는 것은 왕권의 신성성에 대한 존중입니다. 앞에서 말한 대로 『홍길동전』을 일관하는 주제 의식이 사회 비판에 있음에도 불구하고, 임금에 대한 서술자의 시각과 길동의 태도는 지극히 공손하며, 임금의 인상은 대체로 어질게 그려져 있습니다. 활빈당의 성격을 밝히는 대목에서도, 대대로 나라의 은혜를 입으니 만일 나라가 위태로워지면 임금을 도와 전투에 나설 것이라고 선언하고 있지요. 비록 도적질을 하고 임금과 조정의 신하들을 희롱하긴 했으나 그것은 일종의 전략이었을 따름이며, 그것 자체가 목적은 아니었던 것입니다. 그러한 과정을 통해 조선 백성들의 삶이 도탄에 빠져 있음을 알리려 했고, 자신의 존재를 각인시키고자 했을 뿐입니다.

그리하여 길동이 성취하게 되는 것은 병조판서라는 벼슬이었습니다. 아무리 비범한 능력의 소유자라 하더라도 병조판서인 한은 한 사람의 신하에 불과하지요. 길동의 이러한 태도는 어디까지나 자신이 조선의 신하이자 백성임을 스스로 인정하고 있는 것이며, 이는 길동이 철저히 유교 이념에 따라 행동하고 사고하고 있음을 보여 줍니다.

이러한 점들을 고려해 볼 때, 『홍길동전』은 일정 부분 한계를 안고 있는 소설로 보이기도 합니다. 그러나 이를 단순히 중세적 한계로만 치부해 버리게 되면 문학 작품이 지닌 의의를 지나치게 단순화하는 결과를 낳게 되겠지요. 자, 그렇다면 이런 점들을 어떻게 이해하면 좋을까요?

한마디로 길동은 조선조의 봉건적 질서를 송두리째 변혁하고자 하는 바람을 지니고 있었던 것은 아닌 것 같습니다. 길동이 신분 제도 전체에 저항한 것이 아니라는 점, 유교적 질서와 이념을 그대로 유지한다는 점 등을 고려할 때, 작가가 길동의 활약을 통해서 비판하고자 했던 것은 조선의 사회 질서 전체가 아니었다고 하겠습니다. 백성의 아픔을 짐작할 줄 모르는 임금, 왕을 제대로 보좌할 줄 모르는 신하, 인재를 적재적소에 가려 뽑을 줄 모르는 제도를 비판하고자 했던 것이지, 임금과 신하, 그리고 사회 제도의 존재 자체를 부정하고자 했던 것은 아니었습니다. 다시 말해 임금답지 못한 임금, 신하답지 못한 신하, 제도답지 못한 제도가 비판의 대상이었던 것이지요.

스스로 건설한 율도국에서도 길동은 세 명의 왕비를 거느렸으며, 왕위를 그의 아들에게 물려주었습니다. 이것은 조선의 제도와 크게 다를 바 없는 것이지요. 이런 점만 보더라도 길동이 기성의 모든 제도를 뒤집고 새로운 세계를 건설하는 혁명을 바란 것은 아니라고 하겠습니다. 다만 길동이 율도국을 잘 다스려 나라에 도적이 없는 태평성대를 이루었다고 하는 내용으로부터, 모름지기 올바른 통치란 이러해야 한다는 것을 보여 주면서 조선 사회의 부조리와 모순을 비판했다고는 볼 수 있을 것입니다.

이상을 통해 살펴본 것처럼 『홍길동전』을 바라보는 우리의 시각은 여러 가지로 나뉠 수 있습니다. 『홍길동전』을 재미있게 읽은 이유가 각기 다를 수도 있고, '『홍길동전』이 무슨 좋은 소설이냐? 나는 그렇게 생각하지 않는다.' 하는 견해도 충분히 나올 수 있는 것입니다.

이렇듯 논란의 여지가 없는 것은 아니지만, 조선 시대라는 사회 현실에 비추어 볼 때 『홍길동전』은 분명 의미 있는 소설입니다. 많은 사람들이 애써 눈 감고 지나치려 했던 신분 제도의 문제를 전면에 내세워 이야기를 풀어 갔으며, 부정한 관리들을 혼내 주고 조선 사회를 시끄럽게 했던 도적을 통해 사회의 문제들을 이야기하고자 하는 시도를 보여 주었습니다. 뿐만 아니라 자신이 바라는 세상을 만들기 위해 '율도국'이라는 이상향을 건설하기까지 했지요.

다만 그러한 움직임이 부분적이고 제한적인 점, 특히나 현대인의 눈으로 보기에는 너무나 미약했다는 아쉬움도 있습니다. 하지만 어떠한 시대이든 그 시대에 걸맞는 역사적 임무가 있는 법이고, 그것이 항상 전면적인 개혁이나 혁명은 아닐 것입니다. 길동은 그 시대가 요구하는 책무를 자신의 방식대로 읽어 내고 그것을 실천에 옮겼을 따름이었습니다.

『홍길동전』을 읽고 나서

나도 이야기꾼!

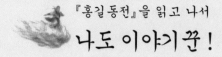

❶ 길동은 남달리 비범한 아이로 태어났지만, 서자라는 신분 때문에 집안 사람들로부터 천대를 당해야 했습니다. 모두가 잠든 달 밝은 밤, 뜰을 배회하며 자신의 처지를 한탄하던 길동의 마음을 상상해 보고, 이러한 길동의 심회를 담아 시를 한 편 써 봅시다.

❷ 기자가 되어 길동을 인터뷰한다 생각하고, 길동에게 물어 보고 싶은 것들을 아래에 적어 봅시다. 그리고 그 질문에 길동이 어떻게 대답했을지도 상상하여 함께 적어 봅시다.

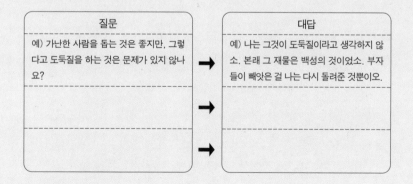

질문		대답
예) 가난한 사람을 돕는 것은 좋지만, 그렇다고 도둑질을 하는 것은 문제가 있지 않나요?	➡	예) 나는 그것이 도둑질이라고 생각하지 않소. 본래 그 재물은 백성의 것이었소. 부자들이 빼앗은 걸 나는 다시 돌려준 것뿐이오.
	➡	
	➡	

❸ 길동이 요괴를 물리치고 아내를 얻는 과정은 「지하국 대적 퇴치 설화」라는 옛이야기에 뿌리를 두고 있습니다. 인터넷에서 이 「지하국 대적 퇴치 설화」를 찾아 읽어 보고, 『홍길동전』 속 이야기와 어떤 점이 비슷하고, 어떤 점이 다른지 알아봅시다.

❹ 현실에서는 가능하지 않지만, 이 작품 속에서 길동은 도술을 쓸 수 있었습니다. 만약 길동이 군사와 국방의 최고 책임자인 병조 판서를 계속했다면 아주 재미있는 일이 일어났을 것 같은데요, 과연 병조 판서 홍길동은 어떤 일을 벌였을까요? 그리고 조선은 어떻게 되었을까요? 황당한 이야기라도 좋으니 마음껏 이야기해 봅시다.

❺ 『홍길동전』에서는 길동이 세운 율도국이 왕의 통치가 시작된 지 3년 만에 태평성대를 이루었다고 나옵니다. 하지만 율도국 사람들이 구체적으로 어떻게 살았는지에 대해서는 보여 주지 않고 있습니다. 길동이 세운 율도국은 어떤 세상이었을까요? 조선 사회와는 어떻게 달랐을까요? 율도국 사람들이 어떻게 살았을지 짐작하여 적어 봅시다. 한 가지라도 구체적으로 적어 봅시다.

❻ 다음은 허균이 쓴 「유재론(遺才論)」의 일부입니다. 다음 내용과 뜻이 통하는 대목을 본문에서 찾아봅시다.

> 우리나라는 땅덩이가 좁고 인재가 드물게 나서 예부터 걱정거리였다. 더구나 조선 시대에 들어와서는 인재 등용의 길이 더 좁아져서 대대로 명망 있는 집 자식이 아니면 좋은 벼슬자리를 얻지 못하고 바

위 구멍과 띠풀 지붕 밑에 사는 선비는 비록 뛰어난 재주가 있어도 억울하게도 등용되지 못한다. 과거(科擧)에 합격하지 않으면 높은 지위를 얻지 못하고 비록 훌륭해도 과거를 보지 않으면 재상(宰相) 자리에 오르지 못한다.
하늘은 재주를 고르게 주는데 이것을 명문의 집과 과거로써 제한하니 인재가 늘 모자라 걱정하는 것은 당연하다. 동서고금에 첩이 낳은 아들의 재주를 쓰지 않는다는 말은 듣지 못했다. 우리나라만이 천한 어미를 가진 자손이나 두 번 시집 간 자의 자손을 벼슬길에 끼지 못하게 한다.
조막만 하고 더욱이 양쪽 오랑캐 사이에 끼어 있는 이 나라에서 인재를 제대로 쓰지 못할까 두려워해도 더러 나랏일이 제대로 될지 점칠 수 없는데, 도리어 그 길을 스스로 막고서 우리나라에는 인재가 없다고 탄식한다. 이것은 남쪽 나라를 치러 가면서 수레를 북쪽으로 내달리는 것과 무엇이 다르겠는가. 참으로 이웃 나라가 알까 두렵다.

❼『홍길동전』은 길동이 조선을 나와 율도국을 건설하는 것으로 마무리됩니다. 이제 여러분이 소설의 작가가 되어 이러한 결말 부분을 다시 써 봅시다. 율도국 건설 이외에 문제를 해결할 수 있는 방법은 없었을지, 나름의 아이디어를 펼쳐 가면서『신 홍길동전』을 써 보시기 바랍니다.

'이야기 속 이야기'의 내용을 더 알고 싶다면?

『고전 소설 속 역사 여행』, 신병주 · 노대환, 돌베개, 2005

『한국민족문화대백과사전』, 한국정신문화연구원, 1991

『역사스페셜 5』, KBS 역사스페셜 제작팀, 효형출판, 2003

『조선 시대 조선 사람들』, 이영화, 가람기획, 1998

『허균 평전』, 허경진, 돌베개, 2002

『홍길동의 삶과 홍길동전』, 설성경, 연세대학교출판부, 2002

장성군청 홈페이지 http://www.changsung.chonnam.kr

사진 자료 출처

· 실존 인물 홍길동 _ 홍길동은 실존 인물이었다!

112쪽, 연산군 일기 - 『한국민족문화대백과사전15』(한국정신문화연구원)

113쪽, 중종실록 - 『한국민족문화대백과사전21』(한국정신문화연구원)

113쪽, 증보 해동이적, 홍길동 생가터, 길동샘 - 장성군청 홈페이지

· 인물 탐구 허균 _ 평생을 방외인으로 살다!

148쪽, 성수시화 - 『한국민족문화대백과사전12』(한국정신문화연구원)

149쪽, 호민론 - 사진 김성철, 『허균 평전』(돌베개)